AF547539

Neval El Seddavi

SIFIR NOKTASINDAKİ KADIN

Mısırlı feminist yazar Seddavi (1931-2021) 1955'te Kahire'de tıp fakültesinden mezun oldu. Şimdiye kadar en az yirmi dört kitabı yayımlanmış olan yazar kadınların durumu ve toplumsal cinsiyet konusundaki düşüncelerinden dolayı Mısır hükümetinin baskılarından kurtulamadı. 1981'de Enver Sedat hükümeti tarafından cezaevine kondu ve 1982'de serbest bırakıldığında Arap Kadınları Dayanışma Derneği'nin kurucuları arasında yer aldı. Dernek 1991'de kapatıldı ve Seddavi de siyasal baskılara dayanamayarak yurt dışına çıktı. ABD üniversitelerinde dersler veren yazar 1993-96 yıllarında Duke Üniversitesi'nde çalışmalarını sürdürdü. Yazarın Türkçede *Tanrı Nil Kıyısında Öldü* (Belge, 1995) adlı bir kitabı daha bulunmaktadır.

Metis Yayınları
İpek Sokak 5, 34433 Beyoğlu, İstanbul
e-posta: info@metiskitap.com
www.metiskitap.com
Yayınevi Sertifika No: 43544

Metis Edebiyat
SIFIR NOKTASINDAKİ KADIN
Neval El Seddavi

Özgün Adı: Woman at Point Zero

AnatoliaLit Ajans, İstanbul aracılığıyla
Bloomsbury Publishing Plc. ile yapılan sözleşme
temelinde yayımlanmıştır.

İlk Basım: Eylül 1987 (Yaşadığımız Dünya Dizisi 9)
Metis Edebiyat'ta İlk Basım: Haziran 1998
On Yedinci Basım: Mayıs 2026

Metis Edebiyat Yayın Yönetmeni:
Müge Gürsoy Sökmen

Kapak Fotoğrafı:
André Kertész, Bir Kürenin İçinde Portre,
Paris, 1927

Dizgi ve Baskı Öncesi Hazırlık:
Metis Yayıncılık Ltd.

Baskı ve Cilt: Yaylacık Matbaacılık Ltd.
Fatih Sanayi Sitesi No: 12/197 Topkapı, İstanbul
Matbaa Sertifika No: 44865

ISBN-13: 978-975-342-195-9

NEVAL EL SEDDAVİ

SIFIR NOKTASINDAKİ KADIN

Çeviren:
SELMA DEMİRÖZ

YAZARIN ÖNSÖZÜ

BU KİTABI Kanatır Cezaevi'nde karşılaştığım bir kadının etkisiyle yazdım. Birkaç ay önce Mısırlı kadınlarda nevroz konusunu araştırmaya başlamış, o sıralar işsiz olduğum için de, zamanımın çoğunu bu çalışmaya ayırabilmiştim. 1972'nin sonunda Sağlık Bakanı, beni Sağlık Eğitimi Başkanlığı ve *Sağlık* dergisinin Başeditörlüğü görevinden almıştı. Görüşleri yetkililer tarafından pek hoş karşılanmayan feminist bir araştırmacı ve romancı olmayı seçtiğim içindi bütün bunlar.

Fakat bu durum bana, daha çok düşünme, yazma, araştırma yapma ve bana danışmaya gelen kadınlarla daha fazla ilgilenme olanağı verdi. 1973 yılında yaşamımda yeni bir dönem başladı; kitabım *Firdevs*, ya da *Sıfır Noktasındaki Kadın* o yıl doğdu.

Araştırma fikri aslında, şiddetli ya da hafif "zihinsel sorunlar"a yol açan durumlar konusunda yardım ve tavsiyelerimi isteyen kadınlarla yaptığım çalışmalar sonucunda ortaya çıktı. Nevrozlu hastalar arasından belli sayıda vakayı seçip, çeşitli hastanelerle klinikleri düzenli olarak ziyaret etmeye karar verdim.

"Cezaevi" düşüncesi bana hep çekici gelmişti. Cezaevi yaşamının, özellikle kadınlar için nasıl bir şey olduğunu merak ediyordum. Belki de bunun nedeni, birçok ünlü aydının çeşitli dönemlerde "siyasi suç" yüzünden hapse atıldığı bir ülkede yaşıyor olmamdı. Kocam "siyasi suçlu" olarak on üç yıl hapis yatmıştı. Böylece bir gün, Kanatır Kadın Cezaevi'nin doktorlarından biriyle tanıştığımda, onun görüşlerini öğrenmek için dayanılmaz bir istek duydum; ne zaman karşılaşsak durup konuşuyorduk. Doktor, değişik suçlardan tutuklu kadınlar, özellikle de Kanatır Cezaevi Hastanesi, akıl hastalıkları kliniğini haftada bir ziyaret eden nevrozlu kadınlar hakkında çok şey anlattı bana.

Bu konu bana giderek daha ilginç gelmeye başladı; oradaki kadınları görmek için bizzat cezaevine gitmeyi kafama koydum. Bir cezaevinin içini yalnızca "siyasi" filmlerde görmüştüm; şimdiyse gerçek bir cezaevini görme fırsatı çıkmıştı. Cezaevi doktoru olan dostum bana, adam öldürdüğü için idam edilecek bir kadını uzun uzadıya anlatınca, ziyaret düşüncesi büsbütün önem kazandı. Daha önce hiç katil bir kadın görmemiştim.

Cezaevi doktoru beni ona götüreceğini, akli dengeleri bozuk diğer kadın mahkûmları da göstereceğini söyledi. Onun aracılığıyla Kanatır Cezaevi'ne psikiyatrist olarak girmek ve kadınları incelemek üzere izin alabildim. Doktor arkadaşım planımdan öylesine etkilenmişti ki, bana cezaevine kadar eşlik edip, çevreyi gezdirdi.

Cezaevi kapısından içeri adım attığım anda karşıma çıkan asık yüzlü binaların, demir parmaklıkların, çevredeki tüm kalabalığın kasvetli görüntüsü beni allak bullak etti; bütün bedenimi bir ürperti sardı. Aynı kapıdan bir gün, psikiyatrist olarak değil, Sedat'ın 5 Eylül 1981 günü yayınladığı bildiriyle tutuklanan 1035 kişiden biri olarak gireceğimi henüz bilmiyordum. 1974'ün o sonbahar gününde, bu yüksek, çıplak, kirli sarı duvarların ardına hapsolacağım hiç aklıma gelmemişti. İç avludan geçerken, demir parmaklıkların ardında hayvanlar gibi gizlenen kadınların yüzlerini, kararmış demirlere yapışmış beyaz ya da esmer parmaklarını görebiliyordum.

Firdevs önce hücresine gitmemi kabul etmedi; ama sonra benimle görüşmeye razı oldu. Yavaş yavaş bana öyküsünü, bütün yaşamını anlattı. Korkunç, gene de harikulade bir öyküydü bu. Yaşamını önüme sererken, onun hakkında gittikçe daha çok şey öğrenirken, alışkın olduğum kadınlar dünyasında bir istisna olarak gördüğüm bu kadına karşı içimde bir hayranlık duygusu gelişti. Böylece *Sıfır Noktasındaki Kadın* ya da *Firdevs* adını verdiğim bu kitabı yazmayı düşünmeye başladım.

Ne var ki o sıralar ben, doktor dostumun hücrelerde ya da klinikte bana gösterdiği ve araştırmama kattığım yirmi vakanın bir kısmını oluşturan kadınlarla ilgileniyordum. Bu araştırmanın sonuçları *Mısırlı Kadınlar ve Nevroz* adıyla 1976'da yayımlandı.

Fakat Firdevs apayrı bir kadındı. Diğer kadınlardan daha çok dikkatimi çekiyor, içimde yankılanıyor ya da varlığını sessizce hissettiriyordu, ta ki onu kâğıda döküp ölümünden sonra yeniden canlandırdığım güne kadar. Çünkü Firdevs 1974'ün sonunda idam edildi ve onu bir daha hiç göremedim. Gene de, hep gözlerimin önündeydi. Önümde duruşunu görebiliyor, alnındaki çizgileri, dudaklarını, gözlerini, gururlu hareketlerini izleyebiliyordum. 1981 sonbaharında kafes ardına konma sırası bana gelmişti. Diğer kadın tutukluların iç avluda onu ararmış, o dik başını, ellerinin dingin hareketlerini ya da kahverengi gözlerinin sert bakışını bir an olsun görmek istermiş gibi gezindiklerini izliyordum. Gerçekten öldüğüne bir türlü inanamıyordum.

Cezaevinde geçirdiğim üç ay süresince, adam öldüren çok sayıda kadınla karşılaştım; kimileri bana Firdevs'i anımsattı. Gene de hiçbiri onun gibi değildi. O benzersizdi. Sırf çehresi, tavırları, cesareti ya da derin bakışları değildi onu öbür kadınlardan ayıran; yaşamayı toptan reddedişi, ölümden zerre kadar korkmayışıydı.

Firdevs, umarsızca en karanlık sona doğru çekilmiş bir kadının öyküsüdür. Bütün zavallılığına ve umarsızlığına karşın bu kadın, benim gibi yaşamının son anlarına tanık olan herkese, yaşama, sevme ve kendilerini gerçek özgürlük haklarından mahrum bırakan bütün güçlere karşı direnip bu güçleri yenme isteği vermiştir.

Neval El Seddavi
Kahire, Eylül 1983

1

GERÇEK BİR KADININ öyküsüdür bu. Onunla birkaç yıl önce Kanatır Cezaevi'nde tanıştım. Çeşitli suçlardan tutuklu ya da hüküm giymiş bir grup kadın mahkûmun kişilik yapıları üzerine bir araştırma yürütüyordum o sıralar.

Cezaevi doktoru, bu kadının adam öldürmekten idama mahkûm edildiğini anlattı. Ama o, Kanatır'daki diğer kadın katillere hiç mi hiç benzemiyordu.

"Cezaevinin içinde de, dışında da onun gibisini göremezsiniz. Ziyaretçi kabul etmiyor, kimseyle konuşmuyor. Genellikle yemeğine dokunmuyor ve gün ağarana dek gözünü bile kırpmıyor. Cezaevi gardiyanı onun bazen saatlerce boşluğa dalıp gittiğini söylüyor. Bir gün kalem kâğıt istemiş, sonra saatlerce başını kaldırmadan oturmuş. Gardiyan onun mektup mu, yoksa başka bir şey mi yazdığını anlayamamış. Belki de hiçbir şey yazmıyordu."

Doktora, "Benimle görüşür mü?" diye sordum.

"Sizinle görüşmesi için ikna etmeye çalışırım onu," dedi. "Savcı yardımcılarından biri değil de psikiyatrist olduğunuzu belirtirsem, razı olur belki. Benim sorularımı da yanıtlamıyor. Devlet Başkanı'na idam cezasının ömür boyu hapse çevrilmesi için bir af dilekçesi yazmayı bile reddetti."

"Onun adına kim başvurdu?" diye sordum.

"Ben," dedi. "Aslına bakarsanız, onun katil olduğuna inanmıyorum. Yüzünü, gözlerini görseniz, bu kadar yumuşak bir kadının adam öldürebileceğine asla inanmazsınız."

"Kim demiş yumuşak kadınlar katil olmaz diye?"

Doktor yüzüme bir an şaşkınlıkla baktı, sonra sinirli sinirli güldü.

"Siz hiç adam öldürdünüz mü?"

"Ben yumuşak bir kadın mıyım?" diye yanıtladım.

Başını yana çevirerek küçük bir pencereyi gösterdi. "İşte hücresi. Gidip onu buraya gelmeye ikna edeceğim."

Bir süre sonra tek başına döndü. Firdevs benimle görüşmeyi reddetmişti.

O gün başka kadın mahkûmlarla görüşmem gerekiyordu aslında. Ama arabama binip oradan ayrıldım.

Eve döndüğümde, hiçbir şey yapacak halim yoktu. Son kitabımı gözden geçirmem gerekiyordu, fakat bir türlü başına oturamadım. On gün içinde asılacak olan Firdevs adlı bu kadından başka bir şey düşünemiyordum.

Ertesi sabah erkenden kendimi gene cezaevinin kapısında buldum. Gardiyandan Firdevs'i görmek için izin isteyince bana, "Faydasız, doktor. Sizinle görüşmeyi asla kabul etmez," dedi.

"Niçin?"

"Bir-iki gün içinde idam edilecek. Sizin ya da başkasının ona ne hayrı dokunabilir ki? Rahat bırakın onu."

Sesinde öfke vardı. Bir-iki gün içinde Firdevs'i asacak olan benmişim gibi kızgınlık dolu bir bakış fırlattı bana.

"Benim ne buradaki, ne de başka bir yerdeki yetkililerle hiçbir alakam yok," dedim.

"Hep böyle derler," dedi öfkeyle.

"Neden bu kadar öfkelisin?" diye sordum. "Firdevs'in suçsuz olduğuna, adam öldürmediğine mi inanıyorsun?"

Artan bir öfkeyle yanıtladı beni: "Katil olsun olmasın, masum bir insan o, asılmayı da hak etmiyor. Esas asılması gereken onlar."

"Onlar mı? *Onlar* da kim?"

Yüzüme kuşkuyla bakarak, "Söylesenize, siz kimsiniz? Sizi onlar mı gönderdi?" dedi.

" 'Onlar' ne demek?" diye yeniden sordum.

Sakınarak, neredeyse korkuyla çevresine bakındı, benden birkaç adım uzaklaştı.

"Onlar işte... Onları tanımıyor musunuz yani?"

"Hayır," dedim.

Kısa, alaycı bir gülüş savurarak çekip gitti. Kendi kendine söylendiğini işittim:

"Onları tanımayan bir o mu kalmış?"

Cezaevine defalarca gittim, fakat Firdevs'i görme çabalarım hep boşa çıktı. Araştırmamın tehlikeye düştüğünü hissediyordum. Doğrusunu söylemek gerekirse, tüm yaşamım bu başarısızlığın etkisi altındaydı sanki. Özgüvenim sarsılmaya başlamıştı; zor günler yaşıyordum. Öyle hissediyordum ki, bir insan öldürmüş, bir süre sonra kendi de ölecek olan bu kadın benden çok daha üstün bir insandı. Onun yanında ben, yerlerde sürünen milyonlarca böcekten biriydim yalnızca.

Onun her şeye karşı kayıtsız olduğundan, her şeyi toptan reddedişinden, en önemlisi de beni görmek istemeyişinden söz ederken, gardiyanla doktorun gözlerinde gördüğüm ifadeyi ne zaman hatırlasam, âciz, önemsiz bir insan olduğum duygusu büyüyordu içimde. Kafamın içinde bir soru, durup dinlenmeksizin dönüyordu: "Nasıl bir kadın bu? Benimle görüşmeyi reddetmesi, benden üstün olduğunu mu gösteriyor? Ama Başkan'a af dilekçesi yazmayı da reddetmiş. Bu onun Devlet Başkanı'ndan da üstün olduğu anlamına mı geliyor?"

Neredeyse kesin, ama açıklanması çok güç bir duyguya kapıldım; aslında Firdevs duyduğumuz, gördüğümüz, bildiğimiz tüm kadın ve erkeklerden üstündü.

Uykusuzluğumu yenmeye çalıştım; ama aklıma takılan bir

başka düşünce uykumu iyice kaçırdı: Kim olduğumu bilerek mi reddediyordu benimle görüşmeyi, yoksa bilmeden mi?

Ertesi gün kendimi gene cezaevinin önünde buldum. Firdevs'i görmeye çalışmaya niyetim yoktu, bütün umutlarım suya düşmüştü. Gardiyanı ya da doktoru arıyordum. Doktor henüz gelmemişti; onun yerine gardiyanı buldum.

"Firdevs beni tanıdığını söyledi mi sana?" diye sordum.

"Hayır, bana hiçbir şey söylemedi," diye karşılık verdi. "Ama tanıyor."

"Beni tanıdığını nereden biliyorsun?"

"Sezdim."

Orada taşlaşmış bir halde kalakaldım. Gardiyan işine devam etmek üzere yanımdan ayrıldı. Kendimi boş yere hareket etmeye, arabama binip gitmeye zorladım. Yüreğime, bedenime, tuhaf bir ağırlık çökmüştü; bacaklarım tutmaz olmuştu. Tüm dünyanın ağırlığından daha ağır bir duyguydu bu; toprağın üstünde duracağıma altında bir yerlerde gömülüydüm sanki. Gökyüzünün rengi değişmiş, toprak gibi kara olmuştu ve olanca ağırlığıyla üstüme çöküyordu.

Bu duyguyu yıllar önce de tatmıştım. Beni sevmeyen birine âşık olmuştum. Kendimi reddedilmiş hissediyordum; beni terk eden yalnızca o, koca dünyadaki milyonlarca insandan yalnızca biri değildi; bütün canlıları ve nesneleriyle koca dünyanın kendisiydi.

Omuzlarımı kaldırıp elimden geldiğince dik durdum. Derin bir soluk aldım. Başımdaki ağırlık biraz hafifledi. Çevreme bakınınca, sabahın köründe kendimi cezaevinde bulmak şaşırttı beni. Gardiyan iki büklüm koridorun taş döşemesini fırçalıyordu. Birden ona karşı daha önce tanımadığım bir hor görme duygusu bürüdü içimi. Cezaevinin yerlerini silen, psikolojinin p'sinden anlamayan cahil kadının tekiydi işte; nasıl olup da onun sezgilerinin doğru olabileceğini sanmıştım?

Firdevs aslında beni tanıdığını söylememişti. Gardiyan bunu sezmişti yalnızca. Firdevs'in beni gerçekten tanıdığı anlamına mı geliyordu bu yani? Eğer kim olduğumu bilmeden reddettiyse, kendimi incinmiş hissetmem için bir neden yoktu. Reddetmesi doğrudan bana yönelik değildi, tüm dünyaya ve onun üzerindeki herkese karşı bir tepkiydi.

Oradan ayrılmak üzere arabama yürüdüm. Beni etkisine alan öznel duygular bilimsel bir araştırmacıya yakışmıyordu. Arabanın kapısını açarken neredeyse kendimle alay etmeye başlamıştım. Arabaya dokunmak, kimliğimi, doktor olarak kendime duyduğum güveni yeniden hatırlamama yetti. Koşullar ne olursa olsun bir doktor, adam öldürmekten idama mahkûm bir kadından daha değerliydi kuşkusuz. Kendime olan güvenim (ki pek ender olur) yavaş yavaş tazelendi. Kontağı çevirip debriyaja basınca, kendimi milyonlarca böcek arasında sürünen bir böcek gibi hissetmekten kurtuldum. Tam o sırada ardımda motorun sesini bastıran bir ses duydum.

"Doktor! Doktor!"

Seslenen gardiyandı. Soluk soluğa yanıma vardı. Kesik kesik çıkan sesi, düşlerimde sık sık duyduğum sesleri anımsattı bana. Ağzı büyümüştü sanki, sallanan bir kapının mekanik hareketleriyle açılıp kapanan dudakları da öyle.

"Firdevs, Doktor! Firdevs sizi görmek istiyor!" dediğini işittim.

Göğsü inip kalkıyordu; soluğu kesik kesikti; gözleriyle yüzü şiddetli bir heyecanı yansıtıyordu. Devlet Başkanı beni görmek istediğini söylemiş olsa, eminim bu kadar heyecanlanmazdı.

Bu kez benim de soluğum hızlanmıştı, sanki ateşim çıkmış gibi; kalbim o kadar hızlı çarpıyordu ki soluksuz kalmıştım. Arabadan nasıl indiğimi, gardiyanın kâh önünde, kâh ardında nasıl koştuğumu bilmiyorum. Bacaklarım adeta bedenimi artık taşımıyormuşçasına hızlı, hiç çaba harcamadan yürüyordum. Harika bir duygu sarmıştı içimi, gururluydum, mutluydum, coşkuluydum. Gökyüzü pırıl pırıl bir maviydi. Dünyalar benim olmuştu. Bu duyguyu yıllar önce bir kez daha ilk defa âşığımla buluşmaya giderken tatmıştım.

Firdevs'in hücresinin önünde, soluklanmak ve yakamı düzeltmek için bir an durdum. Aslında araştırmacı, psikiyatrist olduğumu anımsamaya, normal halime dönmeye çalışıyordum. Anahtar kilitte keskin bir gıcırtıyla döndü. Bu ses beni kendime getirdi. Deri çantama sıkı sıkı yapıştım; içimden bir ses yükseldi: "Kim bu Firdevs? Topu topu bir..."

Ama sözcükler orada kesildi. Şimdi Firdevs'le karşı karşıyaydık. Yere mıhlanmıştım; sessiz, hareketsiz durdum. Ne yüreğimin atışını, ne de ardımdan kapanan ağır kapıda anahtarın dönüşünü duydum. Sanki gözleri gözlerime daldığında ölmüştüm. Öldüren, bıçak gibi insanın içine işleyen, araştıran gözlerdi bunlar; bakışları durgun, ikircimsizdi. Tek bir kirpiği bile oynamıyordu. Yüzünde kıl kıpırdamıyordu.

Ani bir sesle kendime geldim. Onun sakin, bıçak gibi soğuk ve keskin, insanın içine işleyen sesiydi bu. Ses tonunda en ufak bir kararsızlık, en ufak bir titreme yoktu.

"Pencereyi kapat," dediğini duydum.

Kör gibi pencereye gittim ve kapadım; sonra dalgın dalgın çevreme bakındım. Hücrede hiçbir şey yoktu. Ne yatak, ne iskemle, ne de oturacak bir şey.

"Yere otur," dediğini duydum.

Çömelip yere oturdum. Aylardan ocaktı ve döşeme çıplaktı, ama ben soğuğu hissetmiyordum. Uyurgezer gibiydim. Döşeme soğuktu, ama soğuk bana ulaşmıyordu. Düşte görülen denizin soğuğu gibiydi. Onun sularında yüzüyordum. Çıplaktım ve yüzmeyi bilmiyordum. Fakat ne soğuğu hissediyor, ne de boğuluyordum. Firdevs'in sesi düşte işitilen seslere benziyordu. Ses bana yakındı, yine de uzaklardan geliyor gibiydi. Uzaktan konuşuyordu ama yanıbaşımda gibiydi. Böyle seslerin nereden geldiğini bilemeyiz: yukarıdan, aşağıdan, sağımızdan, solumuzdan. Yerin yedi kat altından geldiklerini, tavandan düştüklerini ya da gökyüzünden indiklerini bile sanabiliriz. Boşlukta hareket eden havanın kulaklarımıza çarpması gibi, bütün yönlerden bile akıp gelebilir bu sesler.

Ama bu düş değildi. Kulaklarıma çarpan, hava değildi. Önümde oturan, gerçek bir kadındı; kulaklarıma çarpan, kapısı penceresi sıkı sıkıya kapatılmış bu hücrede yankılanan ses yalnızca onun, Firdevs'in sesi olabilirdi.

2

BIRAK KONUŞAYIM. Sözümü kesme. Seni dinleyecek zamanım yok. Bu akşam saat altıda almaya gelecekler beni. Yarın sabah burada olmayacağım artık. İnsanoğlunun bilmediği bir yerde olacağım. Bu dünyada kimsenin bilmediği o yere yapacağım yolculuk bana gurur veriyor. Yaşamım boyunca bana gurur verecek, beni krallardan, prenslerden, hükümdarlardan bile üstün kılacak bir şey aradım. Ne zaman elime bir gazete geçip de, o adamlardan biriyle karşılaşsam, yüzlerine tükürüyordum. Mutfak raflarını kaplamak için gereksindiğim bir gazete kâğıdına tükürdüğümün farkındaydım. Gene de tükürüyor, tükürüğü kuruyacağı yerde öylece bırakıyordum.

Bir resme tükürdüğümü gören olsa, resimdekini şahsen tanıdığımı sanır. Hayır, tanımıyordum. Ben yalnızca kadının biriyim. Hiçbir kadın yoktur ki, gazeteye resmi basılan her erkeği tanısın. Ayrıca ben başarılı bir fahişeydim yalnızca. Bir fahişe ne kadar başarılı olursa olsun, bütün erkekleri tanıyamaz. Ama tanıdığım erkeklerin hepsi bende tek bir istek uyandırdı: elimi kaldırıp yüzlerine okkalı bir şamar indirmek. Fahişe olduğum için, korkumu makyajın ardına gizledim. Mesleğimde başarılı olduğumdan, makyajım hep en iyi, en pahalı türdendi; saygın burjuva kadınlarının makyajı gibi. Saçımı sosyete kadınlarının gittiği berberde yaptırıyordum. Seçtiğim ruj rengi hep "doğal ve ciddi"ydi; böylece dudaklarımın çekiciliği ne gizlenmiş oluyor, ne de fazla vurgulanıyordu. Göz kalemim de, yüksek düzeydeki yetkililerin eşlerinin yeğlediği türden, çekicilikle reddedişin uygun bir karışımıydı. Yalnızca makyajım, saçım ve pahalı ayakkabılarım "üst sınıf"tı. Ben, ortaokul diplomam ve arzularımla "orta sınıf"a aittim. Ailemse "aşağı tabaka"dandı.

Babam; cahil, yoksul bir köylü olan babam, yaşam hakkında çok az şey bilirdi. Ürün nasıl yetiştirilir, düşmanın zehirlediği sığır ölmeden pazara nasıl ulaştırılır; henüz vakit varken bakire kızı başlık parasına nasıl satılır; ürün olgunlaşır olgunlaşmaz komşudan atik davranılıp nasıl çalınır. Kâhyanın önünde nasıl iki büklüm durulup eli öpülüyormuş gibi yapılır. Karı nasıl dövülür, anasından emdiği süt her gece nasıl burnundan getirilir.

Her cuma temiz bir *galabeya* giyip camiye cuma namazına giderdi. Namaz bitince kendine benzeyen adamlarla dolaştığını görürdüm. Cuma namazından bahseder, imamın akıllara durgunluk verecek kadar ikna edici, sözü dinlenir biri olduğu üzerine konuşurlardı. Çalmanın günah olduğu besbelli değil miydi; ya adam öldürmek, bir kadının namusunu kirletmek, adaletsiz davranmak, bir insanoğlunu dövmek suç değil miydi? Dahası, itaat etmenin, ülkesini sevmenin bir görev olduğunu kim yadsıyabilirdi ki? Allah aşkıyla hükümdar aşkı bir ve bütündü. Allah hükümdarımızı uzun yıllar korusun ve onun ülkemizin, Arap ulusunun ve tüm insanlığın esin ve güç kaynağı olarak kalmasını sağlasındı.

Onların, dar, dolambaçlı yollarda, başlarını hayranlıkla sallayıp mübarek imamın söylediği her şeyi onaylayarak yürüdüklerini görürdüm. Bir yandan da Allah'ın adını anarak sürekli alçak sesle dualar ederler, bir an bile durmadan mırıldanıp fısıldaşırlar, başlarını sallar, ellerini ovuştururlardı.

Başımın üstünde içi su dolu ağır bir bakraç taşırdım. Ağırlığından bazen omuzlarım çökerdi. Kendimi suyu dökmeyecek şekilde dengelemek zorundaydım. Adımlarımı annemin öğrettiği gibi atardım; böylece boynum dik dururdu. O zaman daha çocuktum, göğüslerim çıkmamıştı. Erkekler hakkında hiçbir şey bilmiyordum. Fakat Allah'ın adını anıp şükranını istediklerini, kısık sesle dualar okuduklarını duyardım. Başlarını sallarken, ellerini ovuştururken, öksürürken, gırtlaklarını hırıltıyla temizlerken, koltukaltlarıyla apış aralarını kaşırken gözlerdim onları. Çevrelerinde olup biteni kuşkulu, açıkgöz, sinsi bakışlarla, saldırmaya hazır gözlerle, bana tuhaf bir şekilde aşağılık gelen bir saldırganlıkla gözlediklerini görürdüm.

Bazen hangisinin babam olduğunu ayırt edemezdim. Diğer erkeklere o kadar çok benziyordu. Bir gün anneme babam hakkında sorular sordum. Babam olmadan nasıl doğurmuştu beni? Annem beni bir güzel dövdükten sonra, elinde küçük bir çakı, belki de jilet olan bir kadın çağırdı. Beni sünnet ettiler.

Bütün gece ağladım. Ertesi gün annem beni tarlaya yollamadı. Çoğu zaman başımın üstüne gübre sepeti koyar, tarlaya gönderirdi. Kulübemizde oturmaktansa, tarlaya gitmeyi yeğlerdim. Orada keçilerle oynar, su değirmenine tırmanır, derede oğlanlarla yüzerdim. Muhammet adlı bir oğlan suyun altında beni sıkıştırır, mısır saplarından yapılma küçük bir sığınağa çekerdi. Orada beni samanların arasına yatırır, *galabeyamı* sıyırırdı. "Evcilik" oynardık. Bedenimin tam bilemediğim bir yerinde, haz duygusu uyanırdı. Daha sonra gözümü kapatır, elimle hazzın yerini bulmaya çalışırdım. O noktaya dokunduğum anda daha önce duyduğum o haz duygusu geri gelirdi. Sonra günbatımına değin, komşu tarladan babamın beni çağıran sesini duyuncaya kadar gene oynardık. Muhammet'i alıkoymaya çalışırdım, ama ertesi gün geleceğine söz vererek kaçıp giderdi.

Ama annem beni bir daha tarlaya yollamadı. Gün doğmadan önce uyandırmak için omzumu dürtükler, ben de testiyi alıp suya giderdim. Geri dönünce ağılı temizler, güneşte kurumaya bıraktığım tezekleri üst üste dizerdim. Ekmek pişirileceği günler hamur yoğurup ekmek yapardım.

Hamur yoğurmak için hamur teknesini bacaklarımın arasına koyup yere çömelirdim. Hamur topağını düzenli aralıklarla tekneye çarpardım. Ocak o kadar sıcak olurdu ki, saçlarımın ucu yanardı. *Galabeyam* sık sık kalçalarıma doğru sıyrılırdı; ama amcamın elinin, okuduğu kitabın altından yavaşça uzanıp bacağıma yaklaştığını görene dek aldırış etmezdim buna. Bir an sonra elinin temkinli, gizli, titrek hareketlerle bacaklarımın arasında gezindiğini hissederdim. Evin girişinde ayak sesleri duyulur duyulmaz çekerdi elini. Ama evde çıt çıkmaz, sessizlik yalnızca ocağı beslediğim odunların çıtırtıları ve amcamın hafif bir horlama mı, yoksa soluk sesleri mi tam anlaşılmayan düzenli nefesiyle bozulurken, elleri uyluklarıma sımsıkı, neredeyse kaba bir ısrarla yapışırdı.

Muhammet'in daha önce yaptığını yapıyordu o da. Hatta daha da fazlasını; ama bedenimin bilemediğim, gene de tanıdık bir noktasından yayılan o güçlü haz duygusunu artık hissetmezdim. Gözlerimi kapar, eskiden tanıdığım hazza boş yere ulaşmaya çalışırdım. Sanki o noktayı artık hiç bulamayacakmışım, ya da benim, varlığımın bir parçası gitmiş de geri dönmeyecekmiş gibi gelirdi.

Amcam genç değildi. Benden çok daha büyüktü. Ben küçücük bir çocukken, henüz okuma yazma bilmezken o tek başına Kahire'ye gitmiş, El Ezher'de derslere devam etmişti. Amcam elime bir tebeşir tutuştururur, taş tahtaya yazı yazdırırdı: elif, ba, cim, dal... Bazen bunları onun ardı sıra tekrarlamamı isterdi: "Elif'in üstünde bir şey yok, Ba'ların altında, Cim'in ortasında bir nokta var, Dal'da hiçbir şey yok." İbn Melik'in şiirlerini, hatim indiriyormuşçasına ezberden okurken, başını sallardı; ben de her harfi onun ardından tekrarlarken aynı şekilde başımı sallardım.

Tatil bittiğinde amcam eşeğin terkisine atlar, Delta İstasyonu'na giderdi. Yumurta, peynir, ekmek, kitap ve giysi dolu büyük sepetini taşıyarak ardından giderdim. Yol boyunca, durmaksızın Mehmet Ali Paşa Caddesi'nde, Kale'nin yakınındaki odasından, El Ezher'den, Ataba Alanı'ndan, tramvaylardan, Kahire'de yaşayan insanlardan söz ederdi. Tatlı bir sesle şarkı söylediği zamanlar, bedeni eşeğin devinimiyle uyum içinde sallanırdı.

"*Ben seni derin denizlerde terk etmedim*
Sen beni kuru toprakta bıraktın
Ben seni parlak altınlara değişmedim
Sense beni bir pula sattın.
Leylim oy,
Oy benim gözüm oy."

Amcam trene binip el sallamaya başlayınca, ağlayarak beni de götürmesi için ona yalvarırdım. Ama amcam,

"Kahire'de ne yapacaksın, Firdevs?" diye sorardı.

"El Ezher'e gidip senin gibi okuyacağım," derdim.

O zaman güler ve El Ezher'in yalnızca erkekler için olduğunu söylerdi. Ben de ağlar, tren hareket etmeye başlarken eline yapışırdım. Amcam elini zorla, beni yüzükoyun yere düşürecek kadar hızla çekiverirdi.

Böylece boynum bükük, başım önümde geri döner, eve giden yolda yürürken, kim olduğumu düşünürdüm. Kafama bir sürü soru doluşurdu: Ben kimdim? Babam kimdi? Ömrüm hayvan pisliği temizlemekle, başımın üstünde testi taşımakla, hamur yoğurup ekmek pişirmekle mi geçecekti?

Babamın evine döndüğümde, oraya ilk kez adım atan bir yabancı gibi, kerpiç duvarlara bakakalırdım. Sanki orada doğmamışım da gökyüzünden apansız düşmüşüm, ya da yedi kat yerin altından çıkmışım gibi, neredeyse şaşkınlıkla, ait olmadığım bir yerde, benim olmayan bir evde, babam olmayan bir babayla, annem olmayan bir anneden doğmuşum gibi bakınırdım çevreye. Beni değiştiren, amcamın Kahire'den, orada yaşayan insanlardan söz etmesi miydi? Gerçekten annemin kızı mıydım ben, yoksa annem başkası mıydı? Yoksa annemin kızı olarak doğmuş da, sonradan başka biri mi olmuştum? Ya da annem, ayırt edilemeyecek kadar kendine benzeyen başka bir kadına mı dönüşmüştü?

Annemin ilk gördüğüm zamanki halini anımsamaya çalıştım. Bir çift göz anımsayabiliyordum. Özellikle gözlerini anımsıyordum. Rengini ya da biçimini tanımlayamazdım. Gözlediğim gözlerdi bunlar. Beni gözleyen gözlerdi. Görüş alanlarında olmasam bile beni görürler, nereye gitsem izlerlerdi; öyle ki yürümeyi öğrenirken sendelediğimde, tutup kaldırırlardı beni yerden.

Ne zaman yürümeye çalışsam düşerdim. Sanki arkadan bir güç iterdi de beni, yüzüstü yere kapaklanırdım; ya da sanki önümden bir şey bana abanırdı da, arka üstü yere otururdum. Beni ezmek isteyen havanın baskısıydı bu, beni derinliklerine çekmek isteyen toprağın çekişi gibiydi. Hepsinin ortasında da ben vardım, ayağa kalkmak için, ellerimle kollarımla mücadele eden, debelenen ben. Ama düşer dururdum, uçsuz bucaksız bir denize atılmış, batmaya başladığında suyla, yüzmeye başladığında rüzgârla kamçılanan bir nesne gibi, oradan oraya sürüklenirdim. Bir çift göz dışında güvenecek hiçbir şeyim olmadan, denizle gök arasında sonsuza dek batıp çıkmak ve bir çift göz dışında, tüm gücümle yapıştığım o gözler dışında beni kaldıran hiçbir şey olmaksızın... Yalnız ve yalnız o bir çift göz kaldırırdı beni sanki. İri miydiler, ufak mıydılar bilmiyorum; kirpikleri uzun muydu, kısa mıydı, onu da bilmiyorum. Bütün anımsadığım kapkara iki yuvarlağın çevresinde apak iki halka. Akın daha ak, karanın daha kara olması için, bu gözlere bir bakmam yeterdi; sanki gizemli bir kaynaktan alıyorlardı ışıklarını, çünkü toprak katran karası, gökyüzüyse aysız güneşsiz, gece kadar karanlıktı.

Her nasılsa, onun annem olduğunu anlayabiliyordum. Bedeninin koruyucu sıcaklığına doğru emekleyerek sokulurdum. Kulübemiz soğuktu. Gene de kışın, babam benim ot yatağımla yastığımı kuzeye bakan odaya taşır, ocağın bulunduğu odadaki köşeyi kapardı. Annem de yanımda kalıp beni ısıtacağına, babamın yanına giderdi. Yazları elinde içi soğuk su dolu bir maşrapayla dizinin dibine oturup, babamın ayaklarını yıkadığını görürdüm.

Biraz daha büyüyünce babam elime maşrapayı tutuşturup ayaklarını yıkamayı bana da öğretti. Artık annemin yerini almıştım; eskiden onun yaptığı şeyleri şimdi ben yapıyordum. Annem yoktu artık, onun yerine elime vurup, maşrapayı benden alan başka bir kadın vardı. Babam onun annem olduğunu söylemişti. Aslında anneme tıpatıp benziyordu; aynı uzun giysiler, aynı yüz, aynı hareketler. Fakat gözlerine baktığım zaman onun annem olmadığını hissederdim. Tam düşecekken beni kaldıran gözler değildi bunlar. İçlerinde güneş ya da ay ışığı oynaşıyormuş gibi olan, baktığım zaman akın daha ak, karanın daha kara olduğu, kapkara iki yuvarlağı çevreleyen apak halkalar değildi bunlar.

Bu kadının gözlerine hiç ışık değmemiş gibiydi, günün en ışıklı, güneşin en parlak olduğu zaman bile... Bir gün başını ellerimin arasına alıp yüzünü güneşe doğru döndürdüm. Ama gözleri sönmüş iki lamba gibi donuk, fersiz kaldı. Bütün gece uyumadım; yanıbaşımda yerde uyuyan kardeşlerimi rahatsız etmemek için hıçkırıklarımı boğarak bir başıma ağladım. Çoğu insan gibi benim de bir sürü kız ve erkek kardeşim vardı. Baharda çoğalan, kışın titreyip tüylerini döken, yazınsa ishal olup zayıflayan, birbiri ardına köşeye büzülüp ölen civcivler gibiydiler.

Kız çocuklarından biri öldüğü zaman babam her zamanki gibi yemeğini yer, anneme ayaklarını yıkatır, sonra yatmaya giderdi. Ölen çocuk erkekse babam annemi dövdükten sonra yemeğini yiyip gene yatağa yollanırdı.

Ne olursa olsun, babam asla yemek yemeden yatmazdı. Bazen evde yiyecek hiçbir şey olmazdı; hepimiz yatağa boş midelerle girerdik. Ama babamın yemek yemediği hiç olmazdı. Annem onun yemeğini ocağın deliklerinden birinin dibinde gizlerdi. Babam tek başına tıkınırdı, biz de onu seyrederdik. Bir akşam elimi tabağa uzatacak oldum, elime sert bir şaplak indirdi.

Öyle açtım ki ağlayamıyordum. Önünde oturup yemeğini yemesini izledim; gözlerim parmaklarının kâseye uzandığı andan, ağzına yiyecek atmak üzere havaya kalktığı ana dek izliyordu elini. Ağzı, kocamanlığı ve geniş çenesiyle, deve ağzına benziyordu. Üst çenesi alt çenesine gıcırtılı bir sesle basınç yapardı; her lokmayı öylesine çiğnerdi ki, dişlerinin birbirine çarptığını duyardık. Dili ağzının içinde, sanki çiğneme işine o da katılıyormuş gibi döner, ancak ara sıra, dudağına yapışmış ya da çenesine dökülmüş bir yiyecek parçasını yalayıp almak için dışarı çıkardı.

Yemeğin sonunda annem ona bir bardak su getirirdi. Suyu içer, ağzından sular saçarak yüksek sesle geğirirdi, ya da karnı guruldardı. Bundan sonra öksürüp tıksırarak, dumanı gürültüyle içine çekerek, odayı yoğun duman bulutlarına boğan nargilesini içerdi. Nargilesi bitince yatardı; yatar yatmaz da her yanı onun horultusu kaplardı.

Onun babam olmadığını seziyordum. Bunu bana kimse söylemedi, gerçeğin tam olarak farkında da değildim. Bir tek içimde hissediyordum bunu. Gizimi kimseye söylemedim, kendime sakladım. Yaz tatillerinde amcam geldiğinde, beni de götürmesi için *galabeya*'sına asılırdım. Amcam bana babamdan daha yakındı. O kadar yaşlı değildi; üstelik yanında oturup kitaplarına bakmama izin verirdi. Bana alfabeyi o öğretti; babam ölünce beni ilkokula yolladı. Sonraları annem de öldüğünde, beni yanına alıp Kahire' ye götürdü.

Bazen insanın iki kez doğup doğamayacağını sorarım kendime. Amcamın evine girdiğimde bir düğmeye bastım; oda aydınlanıverdi. Kamaşmasınlar diye gözlerimi kapatıp haykırdım. Yeniden açtığımda gözlerimin her şeyi ilk kez gördüğü duygusuna kapıldım; sanki dünyaya o an gelmişim ya da ikinci kez doğmuşum gibi; çünkü daha önce doğduğumu biliyordum. Aynada kendime bir göz attım. Bu da daha önce yaşamadığım bir şeydi. Önce karşımdakinin ayna olduğunu anlamadım. Kendimi, dizlerine kadar uzanan bir elbise, ayaklarını örten bir çift ayakkabı giymiş küçük bir kıza bakar bulunca korktum. Odaya bakındım, benden başka kimse yoktu. Bu kızın nereden çıktığını kestiremiyordum, ben olduğunu da kavrayamıyordum. Çünkü ben hep etekleri yerleri süpüren bir *galabeya* giyer, nereye gidersem gideyim yalın ayak dolaşırdım. Ama yüzümü hemen tanıdım. Ömrümde hiç ayna görmemişken, bunun kendi yüzüm olduğundan nasıl bu kadar emin olabilmiştim? Oda boştu, gardrobun aynası da tam önümde duruyordu. İçindeki kız benden başkası olamazdı. Elbise ve ayakkabıları amcam okulda giymem için almıştı.

Aynanın önünde yüzümü seyrederek öylece durdum. Ben kimdim? Firdevs diye biriydim. Büyük yuvarlak burnumu babamdan, ince dudaklarımı annemden almıştım.

Tüm bedenimi mutsuzluk sardı. Burnumun büyüklüğünü de, dudaklarımın biçimini de beğenmedim. Babamın öldüğünü sanmıştım; gene de işte şu büyük, çirkin yuvarlak burunda yaşıyordu. Annem de ölmüştü, fakat bu ince dudaklı ağızda sürdürüyordu yaşamayı. Bense, yeni elbiselerim ve ayakkabılarımla hep aynı Firdevs'tim.

Aynaya karşı derin bir nefretle doldu içim. O andan itibaren bir daha hiç aynaya bakmadım. Önünde durduğum zamanlar kendimi görmüyordum. Ayna yalnızca saçımı taramaya, yüzümü temizlemeye ya da elbisemin yakasını düzeltmeye yarıyordu. Bunları yaptıktan sonra çantamı kapıp okula yollanıyordum.

Okulu çok sevdim. Kızlarla, oğlanlarla doluydu. Avluda oynar, bir uçtan bir uca koşarken soluksuz kalırdık. Bazen de oturur inanılmaz bir hızla çekirdek yer, gürültüyle ciklet çiğner ya da macun ve keçiboynuzu alır, meyankökü, demirhindi ve şekerkamışı suyu içerdik; bütün bu güzel, yoğun tatlara bayılırdık.

Okuldan döndükten sonra evi siler, süpürür, amcamın çamaşırlarını yıkar, yatağını yapar, kitaplarını düzeltirdim. Amcam, gaz sobasında ısıtıp, kaftanıyla türbanını ütülemekte kullandığım ağır bir demir ütü getirmişti. Günbatımından hemen önce El Ezher'den dönerdi. Akşam yemeğini hazırlardım; oturup birlikte yerdik. Yemek bitince ben sedirime uzanırdım, amcamsa yatağına oturup yüksek sesle kitap okurdu. Yüksek yatağa, onun yanına sıçrar, parmaklarımı ince uzun parmaklı büyük eline dolar, ince siyah harfli, düzgün ve sıkışık yazılı büyük kitaplarına dokunurdum. Birkaç sözcüğü sökmeye çalışırdım. Sözcükler içimde korkuya benzeyen bir duygu uyandıran gizemli işaretler gibi görünürdü bana. El Ezher, sırf erkeklerden oluşan huşu dolu bir yerdi; amcam da onlardan biriydi, bir erkekti. Okuduğu zaman sesi kutsal bir saygıyla yankılanırdı; uzun parmakları elimin altında tuhaf bir titremeye yakalanırdı. Bu tanıdık bir şeydi; çocukluğumda hissettiğim bu titreyiş, hâlâ anımsanan ırak bir düş gibiydi.

Soğuk kış gecelerinde amcamın koluna ana karnındaki bir bebek gibi sokulurdum. Yakınlığımızla ısınırdık. Yüzümü kollarına gömer, onu sevdiğimi anlatmak isterdim; fakat sözcükler ağzımdan bir türlü çıkmazdı. Ağlamak isterdim, gözyaşlarım akmazdı. Kısa bir süre sonra da, sabaha kadar süren derin bir uykuya dalardım.

Bir gün ateşim çıktı. Amcam yanıma oturup başımı ellerinin arasına aldı, uzun parmaklarıyla yüzümü ağır ağır okşadı; bütün gece onun elini tutarak uyudum.

İlkokuldan mezun olduğum zaman amcam bana bir kol saati aldı ve o gece sinemaya götürdü. Filmde bir kadın dans ediyordu. Bacakları çıplaktı. Bir adamın kadına sarıldığını gördüm, sonra onu dudaklarından öptü. Yüzümü ellerimle kapattım; amcama bakmaya cesaret edemiyordum. Sonra amcam bana dans etmenin ve bir erkeği öpmenin günah olduğunu anlattı; ama gözlerine hâlâ bakamıyordum. O gece eve döndüğümüzde her zamanki gibi yatakta yanına oturmadım; küçük sedirimde yorganın altına saklandım.

Her tarafım titriyordu, anlatamayacağım bir duyguya kapılmıştım. Sanki amcamın uzun parmakları bana yanaşıp yorganı yavaşça kaldırmış, sonra dudakları yüzüme yaklaşıp ağzıma değmiş, titreyen parmakları yavaşça bacaklarıma uzanmıştı.

Bana tuhaf bir şeyler oluyordu; tuhaftı, çünkü daha önce hiç böyle şeyler olmamıştı, ya da anımsayabildiğimden beri hep oluyordu. Bedenimin uzak bir noktasında, uzun zaman önce yitirdiğim eski haz duygusu uyanıyordu, ya da henüz bilinmedik, yeni bir hazdı bu; tanımlanamaz bir hazdı, çünkü bedenimin dışında, ya da varlığımın yıllar önce zedelediği bir parçasında büyüyor gibiydi.

Amcam vaktinin çoğunu dışarda geçirmeye başladı. Sabahları uyandığımda gitmiş oluyordu; gece geldiğinde de ben uyumuş oluyordum. Ona bir bardak su, ya da bir tabak yemek götürdüğümde, elini uzatıp yüzüme bakmadan alıyordu. Geceleri başımı yorganın altına saklar, dikkatle ayak seslerini dinlerdim. Parmaklarının yaklaşmasını bekleyerek soluğumu tutar, uyuyor numarası yapardım. Bana sonsuz gibi gelen bir süre hiçbir şey olmazdı. Yatağının gıcırdadığını duyardım, bir süre sonra da düzenli horultusu gelirdi. Ancak o zaman uyuduğundan emin olurdum.

Farklı bir insan olmuştu. Artık yatmadan önce okumuyor, cübbesiyle kaftanını giymiyordu. Onun yerine takım elbiseyle kravat aldı, Vakıflar Bakanlığı'nda bir iş buldu ve El Ezher'deki öğretmeninin kızıyla evlendi.

Beni ortaokula yolladı; karısıyla birlikte yaşayacağı yeni evine beni de götürdü. Karısı kısa boylu, şişman, beyaz tenli bir kadındı. Yürürken, hantal bedeni semiz bir ördek gibi paytak paytak salınırdı. Sesinin yumuşaklığı sakinliğinden değil zalimliğinden geliyordu. Gözleri iriydi; ama feri kaçmış, geriye karanlık, mahmur bir kayıtsızlıktan başka bir şey kalmamıştı.

Kadın amcamın ayaklarını hiç yıkamadı, amcam da ona hiç vurmadı, bağırıp çağırmadı. Amcam ona karşı aşırı derecede kibardı; ama bu, erkeklerin kadınlara gösterdiği o gerçek saygıdan yoksun, tuhaf kibarlıktı. Karısına karşı duygularının aşktan çok korku olduğunu, karısının ondan daha yüksek bir toplumsal sınıftan geldiğini sezerdim. Yengemin babası ya da akrabalarından biri bizi ziyarete geldiğinde, amcam et ya da tavuk alır, ev kahkahalarından çınlardı. Kendi halası, üstünden düşen köylü giysileri, elbisesinin uzun kollarının arasından görünen çatlak elleriyle çıkageldiğinde, suratını asıp bir köşeye çekilir, ağzını bıçak açmazdı.

Halası divanda yanıma oturur, sessizce ağlar, onu El Ezher'de okutmak için altın zincirini sattığına ne kadar pişman olduğundan dem vururdu. Sabahleyin tavuk, yumurta ve ekmek dolu sepetini boşaltır, sepeti koluna çekip giderdi. Ona,

"Bizimle bir gün daha kalsana nine," derdim, ama amcam da, yengem de ağızlarını açıp bir şey söylemezlerdi.

Her gün okula giderdim. Dönünce evi süpürür, yerleri siler, bulaşıklarla çamaşırları yıkardım. Yengem yalnızca yemek pişirir, kapkacağı yıkayıp temizlemeyi de bana bırakırdı. Sonra amcam eve benim odamda kalacak olan bir hizmetçi kız getirdi. Yatak bana ayrılmış olduğundan kız yerde uyurdu. Soğuk bir gece yanıma gelip yatağımda uyumasını söyledim, ama yengem odaya girip bizi görünce önce onu, ardından beni dövdü.

Bir gün okuldan eve döndüğümde amcamı bana kızmış buldum. Yengem de bu kızgınlığı paylaşır görünüyordu; amcam elbiselerim ve kitaplarımla birlikte beni okulun yatakhanesine yerleştirmeyi kararlaştırana dek sürdü öfkesi. Bundan sonra geceleri yatakhanede yattım. Her hafta sonu babalar, anneler ve diğer akrabalar kızları ziyarete gelir, ya da perşembeyle cumayı evde geçirmeleri için onları okuldan çıkarırlardı. Yüksek duvarın ardından onların gidişlerini seyrederdim; insanları ve işlek caddeyi, yaşama yüksek bir cezaevi duvarının üstünden bakmaya mahkûm edilmiş bir tutuklu gibi gözlerdim.

Fakat her şeye karşın okulu sevmekten vazgeçmedim. Yeni kitaplar, yeni konular ve birlikte ders çalıştığım yaşıtım kızlar vardı. Yaşamlarımız üzerine konuşur, sırlarımızı paylaşır, en gizli duygularımızı birbirimize söylerdik. Gece gündüz parmak uçlarında dolaşıp casusluk yapan, söylediklerimizi dinleyen gözetmen dışında, işi bozan kimse yoktu. Gözetmen, uyuduğumuz zaman bile her hareketimizi gözler, düş görürken bizi seyrederdi. Birimiz uykusunda iç çekse, ya da en ufak bir hareket yapsa alıcı kuş gibi üstüne atlardı.

Vafeya adında bir arkadaşım vardı. Yatağı benimkinin hemen yanındaydı. Işıklar sönünce yatağımı onunkine yaklaştırırdım, geceyarısına dek konuşurduk. Âşık olduğu kuzeninden, onun da kendisini sevdiğinden söz ederdi; bense geleceğe ilişkin umutlarımdan... Geçmişimde, çocukluğumda kayda değer bir şey yoktu; ne aşk ne de başka bir şey. Bu yüzden benim söylediğim her şey gelecekle ilgiliydi. Çünkü gelecek, istediğim renklerle boyamak üzere hâlâ benimdi. Özgürce karar vermek, istersem değiştirmek üzere hâlâ benim...

Bazen doktor, mühendis, avukat ya da hâkim olacağımı düşünürdüm. Derken bir gün bütün okul yönetime karşı büyük bir gösteriye katılmak üzere sokaklara döküldü. Birden ben de kendimi "hükümet istifa" diye bağıran kızların omuzlarında buldum.

Okula döndüğümde sesim kısılmış, saçlarım birbirine karışmış, giysilerim birkaç yerden yırtılmıştı; ama bütün gece kendimi büyük bir lider ya da devlet başkanı olarak düşledim.

Kadınların devlet başkanı olamayacağını biliyordum; fakat diğer kadınlardan, çevremde aşktan, erkeklerden söz eden diğer kızlardan farklı olduğumu hissediyordum. Çünkü ben aşktan, erkeklerden hiç söz etmedim. Kızların kafasını meşgul eden şeylerle ilgilenmedim; onlara önemli gelen şeyler bana incir çekirdeğini doldurmaz şeyler gibi gelirdi.

Bir gece Vafeya, "Hiç âşık oldun mu Firdevs?" diye sordu.

"Hayır Vafeya, hiç âşık olmadım," yanıtını verdim.

Bana şaşkınlıkla baktı ve "Ne tuhaf!" dedi.

"Neden tuhaf buldun?" diye sordum.

"Bakışlarında âşık olduğunu söyleyen bir şey var."

"İnsanın bakışlarında aşkı ele veren ne olabilir ki?"

Başını sallayıp, "Bilmiyorum," dedi. "Fakat özellikle senin, aşksız yaşayamayacak biri olduğunu hissediyorum."

"Ama ben aşksız yaşıyorum."

"O halde yaşamın bir yalan; ya da hiç yaşamıyorsun."

Son sözcüğü söyledikten sonra hemen uykuya daldı. Gözlerim fal taşı gibi açılmış, karanlığı seyretmeye koyuldum. Irak, yarı unutulmuş imgeler yavaş yavaş gecenin içinde boy göstermeye başladı. Üstü açık barınakta ot döşeğe uzanmış Muhammet'i gördüm. Otun kokusu geldi burnuma; Muhammet'in parmakları bedenimde gezindi. Tüm bedenim bilinmeyen bir kaynaktan, varlığımın dışında tanımlanamaz bir noktadan gelen, çok uzak, gene de bildik bir hazla sarsıldı. Bedenimin bir yerinde, dingin bir hazla başlayıp, dingin bir acıyla biten yumuşak nabız atışlarını hissedebiliyordum. Bir an dokunabilmek için tutmaya çalıştığım, fakat hava gibi, bir yanılsama, uçup giden ve yok olan bir düş gibi elimden kaçan bir şeydi bu. Uykumda, bu hazzı şu anda elimden kaçırıyormuşum gibi ağladım; sanki uzun süre önce değil de ilk kez yitirdiğim bir şeymiş gibi.

Okulda geceler uzundu, günlerse daha da uzun. Yat zili çalmadan saatler önce derslerimi çalışıp bitirmiş olurdum. Bu sayede okulun kitaplığını keşfettim. Arka avluda, rafları kırık dökük, kitapların üstü bir karış tozlu, yüzüstü bırakılmış bir oda... Tozları sarı bir bezle alır, zayıf ışığın altında kırık bir iskemleye oturur, okurdum.

Kitapları sevmeye başladım, çünkü her kitaptan yeni bir şey öğreniyordum. Acemler, Araplar ve Türkler hakkında pek çok şey öğrendim. Krallarla hükümdarların işlediği suçlar hakkında, savaşlar, halklar, devrimler ve devrimcilerin yaşamları hakkında kitaplar okudum. Aşk öyküleri, aşk şiirleri okudum. Fakat hükümdarlar üzerine yazılmış kitapları yeğliyordum. Cariyeleriyle odalıkları ordu kadar kalabalık olan bir hükümdarla, hayatta tek ilgilendiği şey şarap, kadınlar ve köle kırbaçlamak olan bir başka hükümdar hakkında kitaplar okudum. Bir başkası kadınlara fazla ilgi göstermiyor; savaşlardan, öldürmekten, işkence yapmaktan zevk alıyordu. Yine bir başkası, doymak bilmezcesine tıkınmayı ve parayı seviyordu. Bir diğer hükümdar kendine ve büyüklüğüne, dünyada başka kimse yokmuşçasına hayrandı. Bütün zamanını tarihsel gerçekleri çarpıtıp halkını aldatmakla geçiren entrikacı bir hükümdar da vardı.

Bütün bu hükümdarların erkek olduğunu keşfettim. Ortak yanları hırslı ve çarpık bir kişilik, paraya, cinselliğe ve sınırsız güce karşı doymak bilmez bir iştahtı. Dünyaya kötülük tohumlarını eken, halklarını talan eden erkeklerdi bunlar; kalın sesli, ikna yeteneğine sahip, tatlı sözler seçip söyleyen, zehirli oklar atan erkeklerdi. Gerçek yüzleri, ancak ölümlerinden sonra ortaya çıkıyordu. Böylece tarihin aptalca bir inatçılıkla kendini tekrarladığını keşfettim.

Kütüphaneye düzenli olarak bazı dergi ve gazeteler geliyordu. Bunları okuyup resimlerine bakmayı alışkanlık haline getirmiştim. Sık sık, cuma namazına gidip cemaatle oturan hükümdarların resimlerine rastlardım. Hükümdar süzülmüş gözlerinin arasından büyük bir küçümsemeyle, hakka ermiş gibi bakarak otururdu. Halkını aldattığı gibi, Allah'ını da aldatmaya çalıştığını görürdüm. Çevresinde, söylenen her şeye hayranlıkla kafa sallayan, kısık sesle dua eden, ellerini önlerinde kavuşturan, çevrelerinde olup biteni açıkgöz, kuşkulu, sinsi, saldırmaya hazır, aşağılık bir saldırganlık dolu gözlerle seyreden yüksek görevliler olurdu.

Savaş, kıtlık ya da salgın hastalık sonucu yaşamlarını yitiren şehitlerin ruhları için istekle dua ederken görürdüm onları. Başlarını yere eğip, korku ve etin dolgunlaştırdığı popolarını kaldırarak secdeye varırlardı. "Yurtseverlik" sözcüğünü her andıklarında, aslında Allah'tan korkmadıklarını, kafalarındaki yurtseverlik kavramının yoksulun, zenginin toprağını, onların kendi topraklarını savunmak için ölmesi gerektiği anlamına geldiğini hemen anlardım, çünkü yoksulun toprağı yoktu.

Değişmez görünen tarihi okumaktan, hep o eski öykülere ve hepsi birbirine benzeyen resimlere bakmaktan sıkılınca, tek başıma oyun sahasında otururdum. Çoğu zaman gece aysız, kapkaranlık olurdu; yat zili geride uzun bir sessizlik bırakarak son notasını çalardı. Çevremdeki tüm pencereler kapanır, tüm ışıklar sönerdi; bense birçok şeyi merak ederek, tek başıma karanlıkta oturmayı sürdürürdüm. Gelecek yıllarda nasıl olacağım? Üniversiteye gidebilecek miyim? Amcam bunu kabul eder mi?

Bir gece orada öylece otururken bir öğretmen gördü beni. Bir an karanlıkta hareket etmeden duran, ama insana benzeyen bir cisim görmekten ürktü. Yanıma gelmeden seslendi:

"Kim var orada?"

Zayıf, korkak bir sesle yanıtladım onu: "Benim, Firdevs."

Daha da yaklaşıp beni tanıyınca şaşırdı; sınıfındaki en iyi öğrencilerden biriydim, en iyi öğrencilerse yat zili çalar çalmaz yatağa girerlerdi.

Ona sinirlerimin biraz bozuk olduğunu, uyku tutmadığını söyledim; yanıbaşıma oturdu. Adı İkbal'di. Kısa boylu, tombul, uzun siyah saçlı ve kara gözlüydü. Karanlığa karşın bana bakan, beni inceleyen gözlerini görebiliyordum. Ne zaman başımı çevirsem, beni izliyor, gözlerini bana dikmiş, bir an bile ayırmıyordu. Yüzümü ellerimle kapadığım zaman bile, ellerimin arasından gözlerimi görüyormuş gibi geliyordu bana.

Ansızın gözyaşlarına boğuldum. Yaşlar ellerimin arasından sızıp yüzüme akıyordu. Ellerimi tutup yüzümden çekti.

"Firdevs, Firdevs, lütfen ağlama."

"Bırakın da ağlayayım," dedim.

"Seni hiç ağlarken görmemiştim. Ne oldu?"

"Hiç. Hiçbir şey."

"Olur mu! Mutlaka bir şey olmuştur."

"Hiçbir şey olmadı İkbal Hanım."

Sesinde bir şaşkınlık seziliyordu. "Ağlamanın hiç mi nedeni yok?"

"Nedenini bilmiyorum. Yeni hiçbir şey olmadı."

Yanımda sessizce oturdu. Kara gözlerinin gecede gezindiğini, gözyaşlarının parıltılı bir ışıkla aktığını görebiliyordum. Dudaklarını kısıp, zorlukla yutkundu; gözlerindeki ışık birden kayboldu. Geceleyin yalazlanan alevler gibi, gözleri bir parlayıp bir sönüyordu. Sonra bir an geldi, yeniden dudaklarını kısıp yutkundu, ama iki damla yaş gözlerinde asılı kaldı. Yaşların burnuna düştüğünü, yavaşça iki yandan süzüldüğünü gördüm. Bir eliyle yüzünü örttü, diğeriyle bir mendil çıkarıp burnunu sildi.

"İkbal Hanım, ağlıyor musunuz?"

"Hayır," dedi. Sonra mendilini gizleyip, zorlukla yutkunarak gülümsedi.

Gece çevremizde derin, sessiz, hareketsizdi; tek bir ses, tek bir kıpırtı yoktu. Her şey ışığın sızamadığı mutlak bir karanlığa gömülmüştü; çünkü gökyüzü aysız güneşsizdi. Yüzümü ona doğru çevirdim. Göz göze geldik: bana bakan kapkara iki yuvarlağın çevresinde apak iki halka... Gözlerine bakmayı sürdürdükçe ak daha ak, kara daha kara oldu; sanki yerde de gökte de bulunmayan gizemli bir kaynaktan alıyorlardı ışıklarını; çünkü toprak gece örtüsüne bürünmüştü, gökyüzünde ona ışık verecek ne ay ne güneş vardı.

Gözlerini belleğime kazıdım, elini elime aldım. Birbirine dokunan ellerimizin yarattığı duygu tuhaf, apansızdı. Bedenimi uzak ve derin bir hazla, anımsayabildiğim zamandan, bilincimin erişebildiği zamandan bile daha gerilere uzanan bir hazla titreten bir duyguydu bu. Bir yerlerimde hissedebiliyordum onu, varlığımın ben doğduğum zaman doğan, ama ben büyürken büyümeyen bir parçası gibi, bir zamanlar bildiğim, ama doğarken geride bıraktığım bir parçası gibi... Olabilecek, gene de hiç yaşanmamış her şeyin belli belirsiz bilinci gibi...

O an bir anım geldi aklıma. Dudaklarım konuşmak üzere aralandı, ama aklımdan uçup gitti. Yitirmek üzere olduğum, ya da o an sonsuza dek yitirdiğim değerli bir şeyin anısıyla çılgın gibi atan korku dolu yüreğim sarsıldı, durayazdı. Parmaklarım, yeryüzünün en büyük gücü bile gelse onu oradan çekip alamazmış gibi şiddetle İkbal Hanım'ın eline yapıştı.

O geceden sonra ne zaman karşılaşsak, dudaklarım, dilimin ucundakileri söylemek için aralanırdı. Yüreğim korkuyla, ya da korkuya benzer bir duyguyla atardı. Yanına gitmek, elini tutmak isterdim; ama o sınıfa girer, ders bitince de benim orada olduğuma hiç dikkat etmeden çıkıp giderdi. Kazara gözleri bana takıldığında, diğer öğrencilere bakışından farklı olmazdı bakışları.

Yatakta, uykuya dalmadan önce düşünürdüm: "İkbal Hanım her şeyi unuttu mu?"

Bir dakika sonra Vafeya yatağını benimkine yaklaştırıp sorardı:

"Neyi unuttu mu?"

"Bilmiyorum Vafeya."

"Düşler dünyasında yaşıyorsun, Firdevs."

"Hiç de değil, Vafeya. Bir şeyler oldu, biliyorum."

"Ne oldu?"

Ona olup biteni anlatmaya çalıştım, ama nasıl açıklayacağımı bilmiyordum. Daha doğrusu söyleyecek hiçbir şey bulamadım. Anımsayamayacağım bir şey olmuş, daha doğrusu hiçbir şey olmamış gibiydi.

Gözlerimi kapayıp olayı yeniden yaşamaya çalıştım. Yalnızca apak iki halkanın çevrelediği kapkara iki yuvarlak belirdi gözlerimin önünde. Ben baktıkça büyüyüp irileştiler; kara yuvarlak dünya kadar büyüdü, ak halka ise insanın içine işleyen, güneş kadar büyük bir kütleye dönüştü. Gözlerim akla karanın içinde, artık parlaklıklarından ikisini de algılayamaz hale gelene kadar kayboldular. Gözlerimin önündeki imgeler birbirine karıştı. Annemle babamın, amcamla Muhammet'in, İkbal'le Vafeya'nın yüzlerini birbirinden ayıramıyordum artık. Gözlerimi, sanki kör oluyormuşum gibi panik içinde açtım. Gecenin içinde, önümde duran Vafeya'nın yüz çizgilerini seçebiliyordum. Hâlâ uyanıktı, şöyle dediğini işittim:

"Firdevs, sen İkbal Hanım'a âşık mısın?"

"Ben mi?" dedim şaşkınlıkla.

"Tabii sen, başka kim olacak?"

"Asla Vafeya!"

"O zaman neden her akşam ondan söz ediyorsun?"

"Ben mi? Ondan mı söz ediyorum? Hiç de değil. Sen her şeyi abartırsın Vafeya."

"İkbal Hanım harika bir öğretmen," dedi.

"Evet," diye onayladım, "ama o kadın. Ben bir kadına nasıl âşık olabilirim?"

Son sınavlara birkaç gün kalmıştı. Vafeya artık sevgilisinden söz etmiyordu, yat zili de artık eskisi kadar erken çalmıyordu. Her gece çalışma salonunda Vafeya ve diğer kızlarla birlikte geç saatlere dek otururduk. Ara sıra gözetmen, tıpkı uyuyuşumuzu, hatta düş görüşümüzü denetlemek için çevrede dolandığı gibi, ders çalışmamızı da denetlemek üzere gelirdi. Kızlardan biri soluk almak ya da boynunu dinlendirmek için başını bir an kaldırsa, bir yerlerden ortaya çıkıverirdi; kızcağız da hemen kitabına gömülürdü.

Gözetmenin dur durak bilmez dikkatine ve diğer şeylere karşın, sınıfı da çalışmayı da seviyordum. Bitirme sınavlarının sonuçları açıklanırken, okul ikincisi ve ülke yedincisi olduğum söylendi. Diplomaların dağıtıldığı gece özel bir tören vardı. Yüzlerce anababanın ve akrabanın bulunduğu büyük bir salonda, müdire adımı okuyunca diplomayı almak için kimse ortaya çıkmadı. Salonu ani bir sessizlik kaplamıştı. Müdire adımı yineledi. Ayağa kalkmaya çalıştım, fakat bacaklarım bana itaat etmiyordu. Oturduğum yerden seslendim:

"Burada."

Bütün başların bana doğru döndüğünü, bütün gözlerin benim olduğum yöne baktığını, gözlerimin önünde sayısız gözün sayısız kara yuvarlağı çevreleyen sayısız ak halkaya dönüştüğünü, hep birlikte benim gözlerime dikildiğini gördüm.

Müdire sert bir sesle:

"Oturarak cevap verme. Ayağa kalk!" dedi.

Ak halkalarla kara yuvarlaklar yukarıya çevrildiğinde ayağa kalktığımın farkına vardım.

Müdire yaşamımda hiç işitmediğim kadar yüksek bir sesle yeniden bağırdı: "Velin nerede?"

Salonu derin bir sessizlik kaplamıştı, adeta uğultulu bir sessizlikti bu. Hava tuhaf bir sesle titredi; kalabalık salonun arkasından gelen solumalar ritmik bir tonla bana ulaştı. Başlar, eski hallerine döndüler; bense orada, sırtları seyrederek öylece durdum.

Bir çift göz, yalnızca bir çift göz benimkilere dikilmişti. Başka yana da baksam, başımı da çevirsem yakından izliyordu beni. Şimdi her şey, apak iki halkayla çevrili katran karası bir çift göz dışında en ufak bir ışığı bile ayırt edemediğim bir karanlığa gömülmüştü. Bu gözlere baktıkça akıyla karası daha da derinleşiyordu; sanki gizemli bir kaynaktan alıyorlardı ışıklarını, çünkü salon kapkaranlık, dışardaki gece ise katran karasıydı.

Sanki karanlıkta gidip onun elini tutmuşum, ya da o gelip benim elimi tutmuş gibi geldi bana. Bu ani temas, neredeyse haz kadar derin bir acıyla, ya da acı yaratacak kadar yoğun bir hazla ürpertti bedenimi. Irak bir hazdı bu; yaşam yolculuğunun anımsanan yıllarından daha eski, belleğin uzunluğundan daha uzun, çok uzak yıllar önce ortaya çıkmış, derinliklere gömülmüş gibi gelen bir haz. Anımsar anımsamaz unutulan, bir kez olmuş ve yitip gitmiş ya da hiç olmamış bir şey gibi.

Ona her şeyi söylemek üzere ağzımı açtım; ama o,

"Bir şey söyleme Firdevs," dedi.

Müdirenin bulunduğu platforma çıkana dek, elimi tutup insanların arasından geçirerek yol gösterdi bana. Diplomamı aldı; sonra başarı belgemi almak için imzasını attı. Müdire bütün derslerden aldığım notları okuyunca, salon alkışa benzer bir gürültüye boğuldu. Müdire eline renkli kâğıda sarılmış, yeşil ipek kurdelayla bağlanmış bir kutu aldı. Elimi uzatmaya çalıştım, ama yapamadım. Bir kez daha müdireye yaklaşan İkbal Hanım'ı gördüm. Paketi müdirenin elinden aldı, sonra beni insanların arasından geçirerek yerime götürdü. Kucağıma diplomayı, onun üzerine de kutuyu koyarak oturdum.

Okul bitiyordu. Babalar ve veliler kızları eve götürmeye geldiler. Müdire amcama telgraf çekti; birkaç gün sonra da amcam beni almaya geldi. Tören gecesinden beri İkbal Hanım'ı görmemiştim. Aynı gece yat zilinden sonra uyku tutmadı, avluda karanlığın ortasında oturakaldım. Ne zaman uzaktan bir ses duysam, bir kıpırtı sezsem, çevreme bakınıyordum. Bir an giriş kapısının yakınında hareket eden bir karaltı gördüm. Hemen ayağa fırladım. Yüreğim deli gibi atıyor, yüzüm alev alev yanıyordu. Gördüğüm karaltı bana doğru geliyor gibiydi. Kalktım, yavaşça ona doğru yürüdüm. İlerlerken saç diplerim ve avuçlarım da dahil, tüm bedenimin ter içinde kaldığını fark ettim. "İkbal Hanım," diye seslendim, ama ağzımdan çıkan, benim bile duyamadığım bir fısıltı oldu. Hiç ses gelmeyince korkum arttı. Karanlıkta, insan bedeni biçiminde bir cisim belirmişti. Bu kez benim de açık seçik duyduğum yüksek bir sesle seslendim:

"Kim var orada?"

Kendi sesim, uykusunda konuşan biri gibi, beni kendime getirdi. Karanlık, ortalama bir insan boyunda alçak, sıvasız bir duvarı ortaya çıkaracak şekilde biraz aralandı. Daha önce de gördüğüm, ama kısa bir süre için o an yapılmış sandığım bir duvardı bu.

Okuldan son kez ayrılmadan önce, aniden bir mucize olmasını, İkbal Hanım'ın bana bakan gözlerini görmeyi, ya da bana güle güle demesini umarak duvarlara, pencerelere, kapılara bakındım. Durup dinlenmeden çılgın gibi arandım. Umudumu bir yitirip bir kazanıyordum. Hiç durmadan sağa sola bakınıyordum. Göğsüm heyecanla inip kalkıyordu. Dış kapıdan çıkmadan önce amcama,

"Bir dakika beni bekler misin?" dedim.

İki dakika sonra amcamın peşinden sokağa çıktım; kapı ardımızdan kapanmıştı. Bense kapıya, yeniden açılacakmış, ya da ardında her an kapıyı açmaya hazır birinin olduğunu biliyormuşum gibi dönüp dönüp baktım. Bu kapalı kapının görüntüsünü belleğime kazıyarak amcamın ardından ağır adımlarla yürüdüm. Yemek yediğim, su içtiğim, ya da uykuya yattığım zaman bile gözümün önündeydi o. Şimdi amcamın evinde olduğumun farkındaydım. Onunla yaşayan kadın karısı, evin içinde koşuşan çocuklarsa çocuklarıydı. Bu evde, yatak odasından ince bir duvarla ayrılan, yemek odasındaki küçük tahta sedir dışında bana ait olan bir yer yoktu. Her gece duvarın ardından gelen fısıltıları duyuyordum.

"Bugünlerde bir tek ortaokul diplomasıyla iş bulmak kolay değil."

"Ne yapabilir öyleyse?"

"Hiçbir şey. Ortaokulda bir şey öğretmiyorlar. Keşke ticaret okuluna gönderseydim onu."

"Şöyle yapsaydım, böyle yapsaydım demeyi bırak. Şimdi ne

yapacaksın, onu söyle!"

"İş bulana kadar bizimle kalabilir."

"İş bulması yıllar sürebilir. Ev küçük, hayat da pahalı. Çocuklarımızın iki katı yemek yiyor."

"Ev işlerinde sana yardımcı olur, çocuklara bakabilir."

"Hizmetçimiz var; ben de yemeği pişiriyorum, ona gerek yok."

"Yemek pişirmene yardımcı olup yükünü hafifletebilir."

"Onun yemeklerini beğenmiyorum. Biliyorsun efendi, yemek pişirirken insan, 'ruhunu' katar. Onun yemeğe kattığı ruhu sevmiyorum, sen de sevmiyorsun. Bize pişirdiği bamyayı unuttun mu? Benim kendi ellerimle pişirdiğim bamyaya hiç benzemediğini söylemiştin."

"Sadiye'nin işini yaparsa kıza para vermekten kurtuluruz."

"Sadiye'nin yerini tutmaz. Sadiye hafif, eline çabuk, yaptığı işi de seviyor. Üstelik yemeğe, uykuya fazla düşkün değil. Halbuki bu kızın her hareketi yavaş. Kanı donmuş gibi, üstelik fazla düşünüyor."

"Ne yapacağız öyleyse?"

"Onu üniversiteye yollayıp başımızdan atabiliriz. Orada kız öğrencilere ayrılmış pansiyonlarda kalır."

"Üniversiteye mi? Erkeklerle yan yana oturacağı bir yere mi? Benim gibi saygıdeğer bir şeyhin, dini bütün bir adamın yeğenini erkeklerin arasına göndermesi ne demek biliyor musun? Üstelik pansiyon, kitap, giysi parasını nereden bulacağız? Hayat ne kadar pahalılaştı, bilmiyor musun? Fiyatlar almış başını gidiyor. Biz bürokratların maaşı ise gıdım gıdım yükseliyor."

"Çok iyi bir fikrim var efendi."

"Nedir?"

"Amcam Şeyh Mahmut namuslu adamdır. Yüksek bir emekli maaşı var, çocuğu da yok; üstelik geçen yıl karısı öldüğünden beri yalnız yaşıyor. Firdevs'le evlenirse kız iyi bir hayata kavuşur; amcamın da kendisine hizmet edip yalnızlığını gideren uysal bir eşi olur. Firdevs büyüdü efendi, evlenmeli. Başının bağlanmaması tehlikeli. O iyi kız ama dünya kötülüklerle dolu."

"Haklısın, ama Şeyh Mahmut ona göre çok yaşlı."

"Kim demiş yaşlı diye! Daha yeni emekli oldu, üstelik Firdevs de o kadar genç değil. Onun yaşındakiler çoktan evlenip çoluk çocuğa karıştı. Amcam yaşlı ama güvenilir bir erkektir; karısına hakaret eden, döven genç bir adamdan çok daha iyidir. Gençleri bilirsin!"

"Haklısın. Ama yüzündeki sakatlığı unutma."

"Sakatlık mı? Kim demiş sakat diye? Hem efendi, büyüklerimiz 'Erkeğin güzelliğine değil cebine bakacaksın,' demez mi?"

"Ya Firdevs kabul etmezse?"

"Neden reddetsin? Bundan iyi kısmet bulamaz. Hem Firdevs' in burnunu da unutma. Maşrapa gibi büyük ve çirkin. Üstelik ailesinden de bir şey kalmadı, kendi geliri yok. Şeyh Mahmut'tan iyi koca bulamaz."

"Sence bu fikir Şeyh Mahmut'un hoşuna gider mi?"

"Onunla konuşursam eminim kabul eder. Büyük bir başlık parası istemek niyetindeyim."

"Ne kadar?"

"Yüz lira, varsa iki yüz lira."

"Yüz lira verirse gene şükür, daha fazlasını isteyecek kadar açgözlü olmayalım."

"Ben kapıyı iki yüzden açarım. Beş para için saatlerce didişen, bir kuruş için canına kıyan biri olduğunu unutma."

"Yüz lira verirse Allah'a şükrederiz. Borçlarımı ödeyip Firdevs'e biraz çamaşır, bir-iki de elbise alırım. Üstündeki giysilerle evlendiremeyiz."

"Neyse ki gelinlik, çeyiz falan gibi şeyleri dert etmek zorunda değiliz. Şeyh Mahmut'un evinde her şey var, son karısının bıraktığı mobilyalar da hâlâ iyi ve sağlam; bugünlerde satılan döküntülerden çok daha iyi."

"Mutlaka. Çok doğru söylüyorsun."

"Yemin ederim efendi, Allah senin şu yeğenini cidden seviyor. Şeyh Mahmut onunla evlenmeyi kabul ederse, kız gerçekten şanslı demektir."

"Kabul eder mi dersin?"

"Neden etmesin? Bu evlilikle senin gibi saygıdeğer bir şeyhin ve dini bütün bir müslümanın akrabası olacak. Böyle bir öneriyi kabul etmesi için bu bile yetmez mi?"

"Belki zengin bir ailenin kızını almayı düşünüyordur. Bir kuruşa bile nasıl taptığını bilirsin."

"Efendi, kendini yoksul bir adam mı sanıyorsun sen? Allah'a şükür durumumuz çoğundan iyi."

"Doğrusu bize verdiği nimetler için Allah'a şükretmeliyiz. Kalbimiz Allah'a şükran doludur."

Sedirde yatarken amcamın, elini hızla üst üste iki kere öptüğünü işittim; bir yandan da yineliyordu:

"Şükür Allah'a, şükür Allah'a."

Avucunu öptüğünü, sonra ikinci bir öpücük kondurmak için elinin tersini çevirdiğini tahayyül edebiliyordum. İki öpücüğün emmeyi andıran sesi, ince duvardan bana kadar geldi, bir an sonra yeniden öpücük sesi geldiğinde bu kez dudakları karısının ellerinde, kolunda ya da bacağında geziniyordu, çünkü karısının karşı çıkışlarını duymaya başlamıştım:

"Hayır, efendi, hayır," diyordu, kolunu ya da bacağını onun elinden kurtarmaya çalışırken.

Amcamın sesi, yeni öpücükleri gibi yumuşak, kısık bir tonda geliyordu:

"Ne hayır'ı kadın?"

Altlarındaki yatak gıcırdadı. Şimdi düzensiz, kesik kesik soluyuşlarını, karısının gene karşı koyan sesini duyabiliyordum:

"Hayır, efendi, Peygamber aşkına. Hayır, günah bu!"

Sonra amcamın ıslık gibi boğuk sesi:

"Bre kadın.. Ne günahı, ne peygamberi? Ben senin kocanım, sen de benim karımsın!"

Yatak önce yavaş yavaş sallandı, sonra tuhaf bir hızla, yatağı, yeri, aramızdaki duvarı, hatta benim yattığım sediri sallayan çılgın bir ritimle, sürekli birbirine yaklaşıp uzaklaşan iki ağır bedenin altında daha fazla gıcırdadı. Bedenimin sedirle birlikte titrediğini, soluğumun hızlandığını hissediyordum; bir süre sonra ben de aynı tuhaf çılgınlıkla soluk soluğa kaldığımı fark ettim. Sonra onların devinimleri ve soluyuşları yavaş yavaş sakinleştiğinde ben de sakinleştim. Solumam normale döndü, ter içinde uyuyakaldım.

Ertesi sabah amcama kahvaltı hazırladım. Ona her su götürdüğümde yüzüme bakıyordu; ama her seferinde gözlerimi gözlerinden kaçırmak için başımı başka yöne çeviriyordum. O gün amcam gidene kadar bekledim, sonra tahta sedirin altından ayakkabılarımı çıkardım, elbiselerimi, ayakkabılarımı giydim. Küçük çantamı açıp katlanmış geceliğimi, diplomamla başarı belgemi içine koydum. Yengem mutfakta yemek pişiriyordu. Sadiye ise çocuklara yemek yediriyordu. Kuzenlerimin en küçüğü Hele, o sırada içeri girdi. Elbisemi, ayakkabılarımı ve küçük çantamı görünce gözleri fal taşı gibi açıldı. Henüz konuşmayı bilmiyor, adımı söyleyemediği için "Devs" diyordu. Bana gülümseyen tek kuzenim oydu; odada yalnız olduğum zamanlar,

"Devs, Devs," diyerek sedire atlardı.

Saçını okşayıp, "Söyle, Hele," derdim.

"Devs, Devs," diyerek kıkırdar, sonra kendisiyle oynamamı isterdi. Ama annesinin sesi onu hemen çağırır, Hele de sedirden atlayıp küçücük ayaklarıyla paytak paytak yürüyerek giderdi.

Hele'nin gözleri ayakkabılarımdan elbiseme, elbisemden küçük çantama devamlı gidip geliyordu. Eteğimin ucuna asılmış, sürekli "Devs, Devs," diyordu.

"Döneceğim, Hele," diye kulağına fısıldadım.

Ama sakinleşmedi. Elime yapışıp, "Devs, Devs," diye tutturdu.

Oyalamak için eline bir resmimi verip, kapıyı açtım; dışarı çıktım; kapıyı ardımdan sessizce kapadım. Kapının arkasından,

"Devs, Devs," diye beni çağıran sesini duyuyordum.

Merdivenlerden aşağı koştum. Ama alt kata inip sokağa çıkana dek sesi kulaklarımda yankılanmaya devam etti. Caddeye ulaştığımda ardımda bir yerlerden gelen sesini hâlâ duyuyordum. Dönüp baktım, kimse yoktu.

Daha önce de çok defa yaptığım gibi, sokakta yürüyordum. Ama bu kez belirli bir hedefim olmadığı için kendimi farklı hissediyordum. Ayaklarımın beni nereye sürüklediğini hiç bilmiyordum. Sokaklara ilk kez görüyormuşçasına baktım. Gözlerimin önünde yeni bir dünya açılıyordu; benim için daha önceleri var olmayan bir dünya. Belki hep oradaydı, hep var olmuştu, ama ben onu hiç görmemiştim; hep orada olduğunu fark etmemiştim. Bütün bu yıllar boyunca nasıl da kör kalmıştım? Sanki kafamda üçüncü bir göz açılmış gibiydi. Sokaklarda insanların, kimi yürüyerek, kimi araba ve otobüslerin içinde, ardı arkası kesilmez bir akışla hareket ettiklerini görüyordum. Hepsinin acelesi vardı, çevrelerine bakmadan hızla gidiyorlardı. Orada tek başına, öylece duran bana kimse aldırış etmiyordu. Bana dikkat etmedikleri için de onları rahat rahat gözleyebiliyordum. Eski püskü giysiler içinde yırtık pabuçlu insanlar yürüyordu. Yüzleri solgun, gözleri donuk, dünyadan elini eteğini çekmiş, yüzleri bariz bir hüzün ve endişeyle dolu insanlardı bunlar. Oysa arabadakilerin geniş, sağlıklı omuzları, dolgun yanakları vardı. Camların ardından açıkgöz, kuşkulu, sinsi gözlerle, her an saldırmaya hazır, saldırgan ama buna karşın kölece bir ifadeyle dışarıya bakıyorlardı. Otobüstekilerin yüzlerini, gözlerini seçemiyordum; tüm otobüsü dolduran, merdivenlere, çatıya kadar taşan bu bedenlerin sırtlarıyla başlarını görebiliyordum yalnızca. Otobüs durakta durduğu ya da yavaşladığı zaman terden parlayan sapsarı yüzlerini, apaçık bir korkuyu yansıtan dışa uğramış gözlerini bir an yakalayabiliyordum.

Caddeyi tümüyle kaplayan bu insan selinden şaşkına dönmüştüm; ama kendilerini de başkalarını da göremeyen kör yaratıklar gibi hareket etmeleri beni daha da şaşırttı. Birden kendimin de onlardan biri olduğumu kavrayınca, hayretler içinde kaldım. Bu kavrayış bende önce bir memnunluk yarattı; ancak hemen sonra bu duygu yerini çevresindeki dünyayı algılamak üzere gözlerini ilk kez açan, ama hiç bilmediği yepyeni bir ortama girdiğini fark eder etmez çığlığı basan bir bebeğin endişesine bıraktı.

Karanlık bastığında hâlâ geceyi geçirebilecek bir yer bulamamıştım. İçimden avaz avaz bağırmak geliyordu. Yorgunluktan bitmiştim, açlıktan midem gurulduyordu. Bir duvara dayandım, bir süre çevreme bakınarak öylece durdum. Önümdeki sokak uçsuz bucaksız bir deniz gibi geldi bana. Otobüstekileri, arabadakileri, yayaları, hiçbir şeyi algılamadan, yürüyen kalabalığın arasında görmeyen gözlerle yuvarlanan, sulara fırlatılmış bir çakıl taşıydım yalnızca. Her dakika önümden binlerce göz geçiyordu; fakat ben onlar için yoktum.

Karanlığın içinde birden bir çift göz algıladım, daha doğrusu bu gözlerin bana yöneldiğini hissettim; yavaşça bana yaklaşıyorlardı. Bakışlar önce merakla ayakkabılarıma çevrildi, orada bir an durdu; sonra yavaşça bacaklarıma, kalçalarıma, karnıma, göğüslerime, boynuma çıkmaya başladı; sonra aynı soğuk merakla gözlerime dikildi.

Tüm bedenimden, ölüm korkusu gibi, ya da ölümün kendisi gibi bir ürperti geçti. Bu ürpertiyi durdurmak, tüm varlığımı etkisi altına alan bu dehşetin üstesinden gelebilmek için, sırtımdaki, yüzümdeki kasları gerdim. Üstelik bıçak ya da jilet taşıyan bir elle değil, topu topu bir çift gözle karşı karşıyaydım. Zorlukla yutkunup, bir bacağımı öne attım. Gözlerden birkaç adım uzaklaşmayı başardım, ama o delici bakışları sırtımda hissediyordum. Parlak bir ışıkla aydınlatılmış küçük bir dükkân gördüm, hızla oraya koştum. İçeri dalıp kalabalığın arasına karıştım. Birkaç dakika sonra dışarı çıkıp tüm caddeyi dikkatle gözden geçirdim. Gözlerin gittiğinden emin olunca, çabucak yola koştum. Kafamda bir tek düşünce vardı: en kısa yoldan amcamın evine ulaşmak.

Geri döndüğüm zaman amcamın evine nasıl tahammül ettim, nasıl Şeyh Mahmut'un karısı oldum, bilmiyorum. Bütün bildiğim, orada, aklıma geldikçe tüm bedenimi tere boğan o iki gözden daha az korkutucu bir dünyayla karşılaşacağımdı. Bu gözlerin rengini, yeşil mi kara mı, yoksa başka bir renk mi olduğunu bilmiyordum. Biçimini de anımsamıyordum; iri miydiler, yoksa iki küçük, çipil göz mü? Ancak gece gündüz, ne zaman sokakta yürüyecek olsam, yerdeki bir delikten aniden karşıma çıkıverecek bu gözlerin korkusuyla, çevremi dikkatle süzerdim.

Amcamın evinden ayrılıp Şeyh Mahmut'la yaşayacağım gün gelip çattı. Artık tahta sedir yerine rahat bir yatakta yatıyordum. Ama yemekten, çamaşırdan ve eşya dolu odalarıyla koca evi temizlemekten yorulup biraz soluk almak istesem, Şeyh Mahmut tepemde bitiyordu. Altmışından fazlaydı, bense daha on dokuz yaşında bile değildim. Çenesinde, tam dudağının altında, ortası delik büyük bir şişlik vardı. Bazen bu delik kururdu; ama çoğu zaman kana benzeyen kırmızımsı, ya da irin gibi beyazımsı sarı renkte damlalar akıtan eski paslı bir musluğa benzerdi.

Delik kuruysa beni öpmesine izin verirdim. O şişliği, küçük bir keseye benzeyen dudaklarını, yağlı, pis kokulu cildini yüzümde hissederdim. Delik kuru değilse, pis kokusundan kaçınmak için dudaklarımla yüzümü öte yana çevirirdim.

Geceleri kollarını bacaklarını bedenime dolar, yamru yumru ellerini, yıllardır iyi yemeğe hasret aç bir adamın pençeleriyle bir tabak yemeği silip süpürmesi, geriye tek bir kırıntı bile bırakmaması gibi, bütün bedenimde gezdirirdi.

Fazla yemek yiyemiyordu. Yüzündeki şişlik çene hareketlerini engelliyor, büzüşmüş yaşlı midesi fazla yemekten rahatsız oluyordu. Az yese de, tabağını siler süpürür, geriye hiçbir şey kalmadığından emin olana kadar elindeki ekmek parçasıyla tabağı sıyırır da sıyırırdı. Ben yerken durmadan tabağıma bakar, bir parça yemek kalmışsa atılıp onu da alır, lokmayı yutarken de benim müsrifliğimden yakınırdı. Oysa hiçbir şeyi israf etmezdim; tabağımda yalnızca kenarlara bulaşan, ancak su ve sabunla temizlenebilecek kadar kırıntı kalırdı.

Kollarıyla bacakları gevşeyince altından yavaşça kayar, ayaklarımın ucuna basarak banyoya giderdim. Orada yüzümü, dudaklarımı, kollarımı, bacaklarımı, bedenimin her yanını, tek bir milim kalmamacasına yıkar, defalarca sabunlardım.

Emekli olmuştu; işsiz güçsüz, arkadaşsızdı. Evden hiç çıkmazdı; bir fincan kahveye birkaç kuruş vermemek için kahveye de gitmezdi. Bütün gün evde, yanımdaydı; ben yemek yapıp bulaşık yıkarken mutfakta dururdu. Kazara sabun tozu paketini düşürdüğümde, yere birkaç tanecik dökülmeyegörsün, iskemlesinden fırlayıp dikkatsizliğime söylenirdi. Yemek yaparken kaşığı yağ tenekesine biraz fazla daldırsam, öfkeyle bağırır, gereğinden fazla malzeme harcadığımı söylerdi. Çöpçü çöpleri almaya geldiğinde, ben çöp bidonunu sahanlığa koymadan önce içini dikkatle araştırırdı. Bir gün biraz yemek artığı bulunca, bütün komşuların duyacağı kadar yüksek sesle bağırmaya başladı. Bu olaydan sonra da, beni yerli yersiz dövmeyi alışkanlık haline getirdi.

O gün, beni terliğiyle dövmüştü. Yüzüm, bedenim çürük içinde kalmıştı. Evi terk edip amcamın evine gittim. Oysa amcam bütün kocaların karılarını dövdüğünü söyledi. Amcama kendisi gibi saygıdeğer bir şeyhin, dini bütün bir adamın karısını dövme alışkanlığında olamayacağını hatırlattım. Yengem, asıl ulemaların karılarını dövdüğü karşılığını verdi. Din kuralları böyle bir cezaya izin veriyordu. Dini bütün bir kadın kocasından yakınmamalıydı. Kadının görevi, kocasına sorgusuz sualsiz itaat etmekti.

Verecek karşılık bulamadım. Hizmetçi öğle yemeğini hazırlamadan amcam beni kocamın evine götürdü. Eve vardığımızda kocam öğle yemeğini yemişti bile. Akşam oldu, bana aç olup olmadığımı hiç sormadı. Akşam yemeğini tek başına, sessizce, bana tek kelime söylemeden yedi. Ertesi sabah kahvaltıyı hazırladım, yemek için masaya oturdu ama yüzüme bakmıyordu. Ben masaya oturduğum zaman başını kaldırıp gözünü tabağıma dikti. Açlıktan ölüyor, ne olursa olsun deli gibi yemek istiyordum. Elimi tabağa uzatıp bir lokma yiyecek aldım. Hemen bağırmaya başladı:

"Neden amcanın evinden dönüp geldin? Sana birkaç gün bakamaz mıydı? Şimdi sana tahammül edecek, seni doyuracak tek insanın ben olduğumu anlamışsındır. Peki neden utanıyorsun benden? Yüzünü neden kaçırıyorsun? Çirkin miyim? Pis mi kokuyorum? Sana her yaklaştığımda neden benden kaçıyorsun?"

Üstüme kuduz bir köpek gibi saldırdı. Yüzündeki şişin deliğinden pis kokulu irin damlaları akıyordu. Bu kez yüzümü ya da burnumu öte yana çevirmedim. Yüzümü yüzüne, bedenimi bedenine edilgen bir biçimde, hiç direnmeden, hareket bile etmeden, çürük bir tahta parçası, öylece atılmış eski püskü bir eşya, iskemle altında unutulmuş bir çift ayakkabı gibi, canı çekilmişçesine bıraktım.

Bir gün beni koca bir sopayla, burnumla kulaklarımdan kan gelene kadar dövdü. Bu olaydan sonra evi terk ettim, ama bu kez amcamın evine gitmedim. Çürümüş gözler, yara bere içinde bir yüzle sokaklarda dolaştım; ancak kimse bana dikkat etmedi. İnsanlar, otobüslerde, arabalarda ya da kaldırımlarda bir koşuşturmaca içindeydi. Kör gibiydiler, hiçbir şey görmüyorlardı sanki. Sokak önümde uçsuz bucaksız bir deniz gibi uzanıyordu. Sulara fırlatılmış bir çakıl taşı gibiydim; dalgaların dövdüğü, oraya buraya attığı, kıyıda bir yere bırakılmak üzere yuvarlanıp duran bir çakıl taşı... Yürümekten yorulunca, yolda birden gözüme çarpan boş bir iskemleye oturdum. Burnuma buram buram kahve kokusu geldi. Ağzımın kuruduğunu, aç olduğumu fark ettim. Garson ne içeceğimi sorduğu zaman, ondan bir bardak su rica ettim. Bana öfkeyle bakıp kahvenin yol geçen hanı olmadığını söyledi. Saide Zeynep türbesinin şuracıkta olduğunu, orada istediğim kadar su bulabileceğimi de sözlerine ekledi. Başımı kaldırıp yüzüne baktım. Bana bakakaldı; sonra yüzümdeki çürüklerin nedenini sordu. Onu yanıtlamak istedim, ama sesim çıkmadı; ellerimi yüzüme kapatıp ağladım. Bir an tereddüt etti, sonra yanımdan ayrılıp bir bardak suyla geri döndü. Ama bardağı dudaklarıma götürünce su, sanki boğuluyormuşum gibi boğazımda düğümlendi. Bir süre sonra kahve sahibi de yanıma gelip adımı sordu.

"Firdevs," dedim.

"Yüzündeki bu çürükler ne? Biri mi dövdü seni?"

Bir kez daha açıklamaya çalıştım, ama sesim gene boğuldu. Zor soluk alıyor, gözyaşlarımı bastırıyordum. "Burada otur biraz dinlen. Sana bir bardak çay getireyim. Aç mısın?" dedi.

Gözlerim yere çakılıp kalmıştı. Bir kez bile başımı kaldırıp yüzüne bakamadım. Sesi babamın sesi gibi, alçak ve hırıltılıydı. Babam da yemeğini yedikten, annemi dövüp sakinleştikten sonra bana sorardı:

"Aç mısın?"

Ömrümde ilk kez babamın iyi bir adam olduğunu, onu özlediğimi, farkında olmadan içten içe onu sevmiş olduğumu hissettim. Adamın,

"Baban sağ mı?" dediğini işittim.

"Hayır öldü," dedim ve ölmüş olduğu düşüncesi beni ilk kez ağlattı. Adam omzumu sıvazlayıp,

"Herkes bir gün ölecek Firdevs," dedi. "Ya annen? O sağ mı?"

"Hayır," dedim.

"Ailen yok mu? Ağabeyin ya da amcan?"

"Hayır," diyerek başımı salladım, sonra çabucak küçük çantamı açtım. "Ortaokul diplomam var. Belki bununla ya da ilkokul diplomamla bir iş bulabilirim. Ama gerekirse her şeyi, diploma istemeyen işleri bile yapmaya razıyım."

Adı Beyumi'ydi. Başımı kaldırıp yüzüne bakınca korku duymadım. Burnu babamınkine benziyordu. Büyük ve yuvarlaktı; aynı koyu tene sahipti. Bakışları uysal ve sakindi. Bana, kötülük yapacak birinin gözleri gibi gelmedi. Elleri, sakin ve rahat hareketleriyle uysal, neredeyse itaatkâr görünüyordu. Zalim birinin elleri gibi değildi. İki odalı bir evde oturduğunu, istersem iş bulana kadar odalardan birinde kalabileceğimi söyledi. Birlikte onun evine giderken bir manavın önünde durup bana,

"Portakal mı seversin, mandalina mı?" diye sordu.

Cevap vermeye çalıştım, ama sesim çıkmadı. O güne kadar kimse bana portakal mı mandalina mı sevdiğimi sormamıştı. Babam bana hiç meyva almazdı, amcamla kocam da ne istediğimi hiç sormadan alırlardı. Açıkçası, ben de mandalinayı mı, portakalı mı tercih ettiğimi hiç düşünmemiştim. Sorusunu yineledi:

"Portakal mı seversin, mandalina mı?"

"Mandalina," dedim. Ancak o mandalinaları alır almaz, portakalı daha çok sevdiğimi fark ettim, ama bunu ona söylemeye utandım, çünkü mandalina daha ucuzdu.

Beyumi'nin dar bir sokakta iki odalı küçük bir evi vardı. Balık pazarına bakıyordu. Odaları siler süpürür, altımızdaki pazardan balık, tavşan ya da et alıp pişirirdim. Bütün gün kahvede ağzına lokma koymadan çalışırdı; gün bitip de eve döndüğünde sıkı bir yemek yer, odasına uyumaya çekilirdi. Ben de öteki odada, yer yatağında yatardım.

Eve ilk gittiğimizde mevsim kıştı, geceler soğuk oluyordu.

"Sen yatakta yat, ben yerde yatarım," dedi.

Ama ben kabul etmedim. Yer yatağına yatıp uyumaya koyuldum. Kolumdan tuttuğu gibi yatağa götürdü. Yanında boynum bükük yürüdüm. Öyle utanmıştım ki, birkaç kez tökezledim. O güne kadar kimse beni kendinden üstün tutmamıştı. Babam kışın ocağın olduğu odada yatar, beni en soğuk odaya yollardı. Amcam yatakta yatar, ben tahta sedirde uyurdum. Evlendiğim zaman da, kocam yediğimin iki katı yedi, gene de gözünü tabağımdan ayırmadı.

Yatağın yanında bir an durup mırıldandım: "Yatakta uyuyamam."

"Yerde yatmana izin veremem," dedi.

Başım hâlâ önümdeydi. Kolumu hâlâ bırakmamıştı. Bana değdiğinde ellerinin, amcamınkiler gibi uzun parmaklı ve büyük olduğunu düşündüm; şimdi de bu eller tıpkı amcamınkiler gibi titriyorlardı. Gözlerimi kapadım.

Bana dokunuşunu, çok eskiden anımsanan bir düş, ya da yaşamla birlikte başlayan anıların geri gelmesi gibi, aniden hissettim. Bedenim anlaşılmaz bir hazla, ya da aslında acı değil de haz olan bir acıyla, daha önce hiç bilmediğim, benim yaşantım olmayan bir yaşantıda, ya da benim bedenim olmayan bir bedende yaşamış olduğum bir hazla titremeye başladı.

Sonunda bütün kış ve ardından gelen yaz boyu, onun yatağında yattım. Bana asla el kaldırmadı, yemek yerken tabağıma hiç bakmadı. Balık pişirdiğim zaman hepsini ona verir, kendim sırf kafasıyla kuyruğunu yerdim. Tavşan pişirmişsem gene hepsini ona verir, ben kafasını sıyırırdım. Çoğun sofradan yarı aç yarı tok kalkardım. Pazara giderken gözüm sokakta yürüyen kız öğrencilere takılırdı; bir zamanlar kendimin de onlar gibi olduğumu, ortaokulu bitirdiğimi anımsardım. Bir gün bir grup öğrencinin önünü kesip yüzlerine baktım. Elbisem buram buram balık koktuğu için beni yukardan aşağı şöyle bir süzdüler. Onlara ortaokul diplomam olduğunu söyledim. Benimle eğlenmeye başladılar; içlerinden birinin arkadaşının kulağına,

"Deli herhalde. Baksana, kendi kendine konuşuyor," dediğini işittim.

Oysa ben kendi kendime konuşmuyordum. Onlara ortaokul diplomam olduğunu söylüyordum.

O gece Beyumi eve geldiğinde, "Ortaokul diplomam var ve çalışmak istiyorum," dedim ona.

"Kahve her gün işsiz güçsüz gençlerle dolup taşıyor; hepsi de üniversite mezunu," dedi.

"Ama ben çalışmak zorundayım. Bu böyle süremez."

Yüzüme bakmadan, "Böyle süremez demekle ne kastediyorsun?" dedi.

"Senin evinde kalmaya devam edemem," diye kekeledim. "Ben kadınım, sen de erkeksin, insanlar dedikodu yapıyor. Üstelik yalnızca bana iş bulana kadar burada kalacağımı söylemiştin."

Öfkeyle söylendi:

"Ne yapayım yani? Allah'a mı yalvarayım?"

"Bütün gün kahveyle ilgileniyorsun, bana iş aramaya çalışmadın bile! Hemen şimdi çıkıp bir iş aramaya başlayacağım."

Alçak sesle konuşuyor, yere bakıyordum. Ama o yerinden fırlayıp yüzüme bir tokat attı: "Benimle konuşurken sesini yükseltmeye nasıl cesaret ediyorsun? Seni sürtük, seni adi!"

Eli kocamandı, hayatımda yediğim en ağır tokattı bu. Başım bir o yana, bir bu yana sallandı. Duvarlarla yer hızla gidip geldi. Dönmesi duruncaya kadar başımı ellerimin arasına aldım; sonra gözlerimi kaldırdım, göz göze geldik.

Şimdi karşımda duran gözleri ilk kez görüyor gibiydim: Gözlerimin içine delercesine bakan, yüzümde, boynumda son derece yavaş hareketlerle gezinip sonra yavaşça göğüslerime, karnıma, oradan da kalçalarıma inen, kapkara iki yüzey. Ölüm titremesi gibi, buz gibi bir ürperti dolaştı bedenimde. Ellerim, gözünün takılıp kaldığı kısmı kapatmak için içgüdüsel olarak aşağı kaydı, ama iri, güçlü elleri onları hızla çekip aldı oradan. Bir an sonra karnıma öyle bir yumruk attı ki, bayılıp kaldım.

Artık evden giderken beni kilitlemeye başlamıştı. Şimdi öbür odada, yerde yatıyordum. Geceyarısı gelip üstümdeki örtüyü çeker, yüzüme vurup olanca ağırlığıyla üstüme çullanırdı. Gözlerimi kapatıp bedenimi ona bırakırdım. Haz, acı, hiçbir şey hissetmeden orada öylece yatardım. Bir tahta parçası, çıkarıp atılmış bir çorap ya da ayakkabı gibi cansız, ölü bir beden... Bir gece bedeni eskisinden daha ağır geldi; soluğu da farklı kokuyordu. Gözlerimi açtım, karşımdaki yüz Beyumi'nin yüzü değildi.

"Kimsin sen?" diye sordum.

"Beyumi," dedi.

Israr ettim: "Sen Beyumi değilsin. Kimsin?"

"Ne fark eder? Ha Beyumi, ha ben!" Sonra, "Zevk alıyor musun?" diye sordu.

"Ne dedin?"

"Zevk alıyor musun?" diye yeniden sordu.

Hiçbir şey hissetmediğimi söylemeye korktuğum için gözlerimi daha da sıkı yumup, "Evet," dedim.

Dişlerini omzuma bastırıp, göğsümü, sonra karnımı birkaç kez ısırdı. Beni ısırırken durmadan, "Sürtük, orospu," diyordu. Sonra anlayamadığım sözcüklerle anama sövmeye başladı. Daha sonra bu sözcükleri yinelemek istedim, ama beceremedim. Ancak o geceden sonra o küfürleri Beyumi'den de, arkadaşlarından da sık sık işittim. Böylece seslerine alıştım, kapıyı açmaya çalışıp da kilitli olduğunu görünce aynı küfürleri ben de kullanmaya başlamıştım. Kapıyı zorlayıp tam anasına sövmek, "Beyumi, seni o..." diye bağırmak üzereyken bunun doğru olmadığını düşünerek sözcükleri yutardım. Böylece onun yerine babasına küfretmeye başladım.

Bir gün komşu kadın, kapının kafesinden ağladığımı gördü. Ne olduğunu sorunca ona her şeyi anlattım. Benimle birlikte ağlamaya başladı; polis çağırmayı önerdi. Ama polis sözcüğü beni korkutmuştu. Onun yerine çilingir çağırmasını rica ettim. Bir süre sonra çilingir gelip kapıyı zorlayarak açtı. Beyumi'nin evinden fırlayıp sokağa çıktım. Çünkü sokak, bir sığınak arayabileceğim, tüm varlığımla kaçabileceğim tek güvenli yerdi. Kaçarken Beyumi'nin peşimden gelmediğinden emin olmak için sık sık ardıma bakıyordum. Civarda olmadığını anlayınca da, koşabildiğim kadar hızla kaçıyordum. Günün sonunda nereye gittiğimi bilmeden hâlâ sokaklarda yürüyordum. Nil kıyısında iki yanı ağaçlıklı, temiz asfalt bir caddeye varmıştım. Evler çit ve bahçelerle çevriliydi. Ciğerlerime dolan hava, tozsuz, tertemizdi. Nehrin karşısında taş bir sıra gördüm. Oraya oturup yüzümü ferahlatıcı esintiye çevirdim. Dinlenmek için tam gözlerimi kapamıştım ki, bir kadın sesi işittim:

"Adın ne senin?"

Gözlerimi açıp yanıma oturan kadına baktım. Omuzlarında yeşil bir şal vardı. Gözlerine de yeşil bir far sürmüştü. Kara gözbebekleri Nil kıyısındaki ağaçlar gibi yeşile, koyu yeşile dönmüştü adeta. Nehrin suları ağaçların yeşilini yansıtıyor, onun gözleri gibi yeşil yeşil akıyordu. Üstümüzdeki gök, alabildiğine maviydi. Ama bütün renkler birbirine karışmış, çevredeki her şey beni kuşatan, içine alan su yeşili bir ışık yaymaya başlamıştı.

Tuhaftı; uyuduğum, düş gördüğüm, uyuyup düş görürken içine daldığım, ıslanmadan yavaşça battığım, boğulmadan yavaşça dibine indiğim bir denizin sularındaymışım gibi, bu koyu yeşilde, kendi derinliği, kendi kıvamı olan bu koyu yeşilde boğulma isteği duyuyordum. Sanki bu suya uzanmış, kâh içine, derinlere gömülüyor, kâh yavaşça, kolumu ya da bacağımı oynatmadan yüzeye taşınıyordum.

Gözkapaklarım tam uykuya dalacakmışım gibi ağırlaşırken, kadının sesi yeniden kulaklarımda yankılandı. Yumuşak, neredeyse uykulu denecek kadar yumuşacıktı.

"Yorgunsun," dedi.

Gözkapaklarımı zorla aralayıp, "Evet," dedim.

Gözlerindeki yeşil daha da koyulaştı. "O itoğlu it ne yaptı sana?" diye sordu.

Uykudan apansız uyandırılan biri gibi kendime geldim.

"Kimi kastediyorsun?"

Omuzlarındaki şala daha sıkı sarınıp esnedi; aynı yumuşak uykulu sesle konuşmaya devam etti:

"Onlardan biri işte. Kim olduğu fark etmez. Hepsi aynıdır, başka başka adlar altında hepsi aynı bokun soyudur. Mahmut, Hasan, Fevzi, Sabri, İbrahim, Avden, Beyumi."

Sözünü kestim: "Beyumi mi?"

Bir kahkaha attı. Ortasındakilerden biri altın olan küçük, sivri, beyaz dişlerini gördüm.

"Hepsini bilirim. Hangisi başladı? Baban mı, ağabeyin mi? Yoksa amcalarından biri mi?"

Bu kez neredeyse sıradan aşağı düşecek kadar şiddetli bir titremeyle sarsıldım.

"Amcam," dedim alçak bir sesle.

Yeniden gülüp yeşil şalını omuzlarına çekti.

"Peki Beyumi ne yaptı?" Bir an sustu, sonra ekledi: "Adını söylemedin. Adın ne senin?"

"Firdevs. Ya senin ki? Senin adın ne?"

Gurur dolu, tuhaf bir hareketle başını dikleştirdi. "Adım Şerife Salah el Dayni. Herkes tanır beni."

Onun evine giderken hiç durmadan konuştum, başımdan geçenleri anlattım. Nehir kıyısındaki yoldan ayrılıp dar bir sokağa girdik; kısa süre sonra da büyük bir apartmanın önünde durduk. Asansörle yukarı çıkarken titriyordum. Çantasından bir anahtar çıkardı; yerleri halı kaplı ve geniş terası Nil'e bakan kusursuz bir daireye girdik. Beni banyoya götürüp sıcak ve soğuk su musluklarının nasıl açılıp kapanacağını gösterdi. Yıkandıktan sonra bana elbiseler verdi. Hoş kokulu, yumuşak elbiselerdi bunlar. Saçlarımı tarayan, elbisemin yakasını düzelten parmakları da yumuşacıktı. Çevremdeki her şey, aynı yumuşaklıkta ve düzen içindeydi. Gözlerimi kapayıp kendimi bu yumuşaklığa bıraktım. Yeniden doğmuştum sanki, dairedeki her şey gibi yumuşak ve düzgün hissediyordum kendimi.

Gözlerimi açıp aynaya baktığımda, gül yaprağı gibi yumuşak ve sıcak, yepyeni bir bedene bürünmüş olduğumu gördüm. Artık elbiselerim kaba ve kirli değildi, yumuşak ve temizdi. Ev pırıl pırıldı. Hava bile tertemizdi. Bu tertemiz havayı ciğerlerime doldurmak için derin bir soluk aldım. Çevreme bakındığımda onu gördüm. Çok yakınımdaydı, bana bakıyordu; gözleri ağaçların, gökyüzünün ve Nil'in renginde, güçlü, yeşil bir ışık saçıyordu. Kendimi onun gözlerine bırakıp, kollarımı bedenine doladım:

"Kimsin sen?" diye fısıldadım.

"Annenim."

"Annem yıllar önce öldü."

"O zaman ablanım."

"Benim ablam da yok, ağabeyim de. Hepsi küçükken civcivler gibi öldü."

"Herkes bir gün ölecek Firdevs. Sen de, ben de. Önemli olan ölene kadar nasıl yaşayacağımız."

"Nasıl yaşayacağız? Yaşam çok zor."

"Yaşamdan daha sert olmalısın Firdevs. Yaşam çok sert. Gerçekten yaşayanlar yalnızca ondan daha sert olanlardır."

"Halbuki sen sert değilsin Şerife; peki yaşamayı nasıl beceriyorsun?"

"Ben sertim, çok sertim Firdevs."

"Hayır, sen kibar ve yumuşaksın."

"Tenim yumuşak, ama yüreğim zalim; ben soktum mu öldürürüm."

"Yılan gibi mi?"

"Evet, tıpkı yılan gibi. Yaşam bir yılandır. Onlar da aynı Firdevs. Yılan, senin yılan olmadığını anlarsa sokar. Zehirli iğnelerin olmadığını bilirse hayat seni bir lokmada yutar."

Şerife'nin ellerinde genç bir çırak olmuştum artık. O benim gözlerimi hayata, belleğime çakılı kalmış geçmişimdeki, çocukluğumdaki olaylara açtı. Gizli kalmış anılarımı, yüzümle bedenimin bilinmedik yönlerini ortaya çıkardı; onların farkında olmamı, onları anlamamı, ilk kez görmemi sağladı.

Diğer gözleri mıknatıs gibi kendine çekebilen pırıltılı siyah gözlerim, ne büyük, ne de yuvarlak olan, ama şehvete dönüşebilen güçlü bir tutkuyla dolu dolgun ve pürüzsüz bir burnum olduğunu keşfettim. Bedenim ince uzun, bacaklarımsa her an gerilmeye hazır, canlı ve diriydi. Annemden nefret etmediğimi, amcamı sevmediğimi, Beyumi'yle avanesini gerçekten tanımadığımı fark ettim.

Şerife bir gün, "Ne Beyumi, ne de avanesi senin değerinin farkına varmamış. Çünkü sen kendini yeterince satmayı becerememişsin. Erkekler kadının değerini bilemez, Firdevs. Kendi değerini belirleyen kadındır. Fiyatın yükseldikçe, erkek senin gerçekten değerli olduğunu daha çok kavrar, elindekini avucundakini sana vermeye razı olur. Kendi olanağı yoksa sana vermek için başkasından çalar," dedi.

Merakla, "Ben gerçekten değerli miyim Şerife?" diye sordum.

"Güzel ve kültürlüsün."

"Kültürlü mü? Topu topu bir ortaokul diplomam var."

"Kendini küçümseme Firdevs. Ben ilkokuldan öteye geçemedim."

"Peki senin fiyatın var mı?" diye sordum merakla.

"Elbette. Çok yüksek bir fiyat ödemeden kimse dokunamaz bana. Sen benden daha genç, daha kültürlüsün; demek ki bana verdiklerinin iki katını ödemeden yanına yaklaşamamaları lazım."

"Ama ben erkeklerden hiçbir şey isteyemem."

"İsteme. Bu benim işim, senin değil!"

Nil Nehri, gökyüzü ve ağaçlar değişebilir mi? Ben değiştim, öyleyse neden Nil'in ve ağaçların rengi de değişmesin? Her sabah pencereyi açtığımda Nil'i görür, suyun yeşilini, ağaçları, her şeyin içinde yüzer gibi göründüğü canlı yeşil ışığı seyreder, yaşamı, bedenimi, damarlarımda akan sıcak kanı hissederdim. Bedenim giydiğim ipek giysilerin ya da üzerinde uyuduğum ipek çarşafın teması gibi yumuşak bir sıcaklıkla dolardı. Burnuma açık havada yayılan gül kokuları gelirdi. Kendimi bu sıcaklık ve yumuşaklık duygusuna, gül kokularına bırakır, ayaklarımı uzatır, ipek çarşafların, başımın altındaki rahat yastığın tadını çıkarırdım. Dinmek bilmez bir susuzlukla, bedenimin her gözeneğiyle, burnum, ağzım ve kulaklarımla içerdim bu berrak yumuşaklığı.

Geceleri ipeksi, beyaz ay ışığı yanıbaşımda yatan erkeğin parmakları gibi üstüme dökülürdü. Yanımdaki erkeğin tırnakları da temiz ve beyaz olurdu; ne Beyumi'nin gece gibi kara tırnaklarına, ne de amcamın içi kara toprak dolu tırnaklarına benzerdi. Gözlerimi kapatıp, bedenimi bu gümüş ışığa bırakır, ipek parmakların yüzüme, dudaklarıma değmesine, boynumu okşayıp göğüslerime gömülmesine izin verirdim.

Eller bir süre göğüslerimde kalır, sonra karnıma, derken bacaklarımın arasına kayardı. Bedenimin derinliklerinde tuhaf bir ürperti gezinirdi. Önce bu haz, acıya benzer bir tat verirdi. Sonra acıyla, hazza benzeyen bir acıyla biterdi. Bütün bu duygular uzak bir geçmişe aitti; ta başından beri benimleydiler. Uzun zaman önce tatmış, fakat zamanla unutmuştum onları. Gene de yaşamımdan daha gerilere, doğduğum günden öncesine gidiyor gibiydiler; artık ben olmayan bir kadının bedeninde, artık bana ait olmayan bir organda bulunan eski bir yaradan gelen duygular gibi.

Bir gün Şerife'ye, "Neden hiçbir şey hissetmiyorum?" diye sordum.

"Biz çalışıyoruz, Firdevs, yalnızca çalışıyoruz. İşle duyguları birbirine karıştırma," dedi.

"Ama ben bir şeyler hissetmek istiyorum, Şerife!" diye bağırdım.

"Acıdan başka bir şey duyamazsın."

"Haz olamaz mı, birazcık haz?"

Kahkahalara boğuldu. Ortasındakilerden biri altın olan küçük beyaz keskin dişlerini görebiliyordum. Bir anda sakinleşip bana kızgın kızgın bakarak söylendi:

"Kızarmış tavuk ve pilav yemek sana zevk vermiyor mu? Bu yumuşak, ipek giysileri giymek sana zevk vermiyor mu? Ya Nil'e bakan bu sıcak, temiz evde yaşamak? Her sabah pencereyi açıp Nil'e, gökyüzüne ve ağaçlara bakmaktan zevk almıyor musun? Bunlar sana yetmiyor mu? Neden daha fazlasını istiyorsun?"

Aklımın başka şeylerde olması açgözlülüğümden değildi. Bir sabah, her zamanki gibi pencereyi açtım, ama Nil artık orada değildi. Nil'in aynı yerde olduğunu, sularının gözlerimin önünde aktığını biliyordum; ama sanki insan burnunun dibindekini göremezmiş gibi, Nil'i göremiyordum. Çevremi saran güzel koku da yok olmuştu. Nasıl gözlerim görmüyorsa, burnum da koku alamıyordu; gözümün önündeki şeyleri algılayamaz olmuştum artık. Yumuşaklık, ipekler, rahat yatak; her şeyin yerli yerinde durduğunu biliyordum, ama artık bunlar benim için yoktu.

Evden hiç çıkmıyordum. Aslına bakılırsa, yatak odasından bile çıkmıyordum. Gece gündüz, çarmıha gerilmiş gibi sırtüstü yatardım yatakta; saat başı bir adam gelirdi. Sayıları o kadar çoktu ki! Neden geldiklerini anlayamazdım. Çünkü hepsi de evliydi, iyi eğitim almışlardı; ellerinde şişkin deri çantalar, iç ceplerinde şişkin cüzdanlar taşırlardı. Koskocaman göbekleri fazla yemekten sarkmıştı, uzun süredir yıkanmamış gibi terlerlerdi; burun deliklerim durgun suyun kokusunu andıran kötü bir kokuyla dolardı. Yüzümü öte yana çevirirdim; ama kendilerine bakmam, burnumu bedenlerinden yayılan ter kokusuyla doldurmam için ısrar ederlerdi. Uzun tırnaklarını etime saplarlardı; ben acı dolu bir nida koyvermemek, çığlığımı boğmak için dudaklarımı kilitlerdim; gene de, tüm çabalarıma karşın, zayıf, boğuk bir inilti çıkarırdım. Erkekler, çoğunlukla bunu işitir, aptalca kulağıma fısıldarlardı:

"Hoşuna gidiyor mu?"

Yanıt yerine dudaklarımı büzer, suratlarına tükürmeye hazırlanırdım, ama onlar dudaklarımı ısırmaya başlarlardı. Dudaklarımın arasında salyalarını hisseder, dilimin bir darbesiyle gerisin geriye iterdim bu salyaları.

Bu adamlar arasında aptal olmayan, yaptığımdan hoşlanıp hoşlanmadığımı sormayan tek bir adam vardı. Onun yerine,

"Acı duyuyor musun?" diye sordu bir gün.

"Evet," dedim.

"Adın ne?"

"Firdevs. Ya senin?"

"Fevzi."

"Acı duyduğumu nasıl anladın?"

"Çünkü seni hissediyorum."

"Beni hissediyor musun?" diye bağırdım şaşkınlıkla.

"Evet," dedi. "Ya sen? Sen de beni hissediyor musun?"

"Ben hiçbir şey hissetmiyorum."

"Neden?"

"Bilmiyorum. Şerife, iş iştir, iş söz konusu olunca duygulara yer yoktur, diyor."

Gülüp beni dudaklarımdan öptü. "Şerife seni aldatıyor, senin eline geçen yalnızca acı; oysa o senin sırtından para kazanıyor," dedi.

Ağladım. Gözyaşlarımı silip kollarına aldı beni. Gözlerimi kapayınca, gözkapaklarımdan yavaşça öptü.

"Uyumak istiyor musun?" diye fısıldadı.

"Evet."

"O halde kollarımın arasında uyu."

"Ya Şerife?"

"Şerife'den korkma."

"Sen ondan korkmuyor musun?"

Gene gülüp, "Asıl o benden korkar," dedi.

Şerife'nin odasıyla benimkini birbirinden ayıran duvarın arkasından fısıltılı sesler duyduğumda yatağımda hâlâ uyuyordum. Şerife'nin, sesi yabancı gelmeyen bir adamla konuştuğunu işittim.

"Onu benden alacak mısın?"

"Onunla evleneceğim Şerife."

"Sen mi? Sen kimseyle evlenmezsin."

"O eskidendi. Artık yaşlandım, erkek evlat istiyorum."

"Milyonlarını bırakmak için mi?"

"Benimle alay etme Şerife. İsteseydim milyoner olabilirdim, ama ben zevkine düşkün biriyim. Yalnızca harcamak için kazanırım. Paraya da, aşka da köle olmayı reddediyorum."

"Fevzi, ona âşık mısın?"

"Ben âşık olabilir miyim? Sevme yeteneğim olmadığını bir keresinde bana kendin söylemiştin."

"Ne âşık olursun, ne de evlenirsin sen. Bütün istediğin, Kamelya gibi onu da benden alıp götürmek."

"Kamelya kendisi geldi benimle."

"Sana âşık oldu, değil mi?"

"Kadınlar beni seviyorsa, bu benim suçum mu?"

"Sana âşık olana çok yazık Fevzi."

"Ben de ona âşık olmasaydım o zaman yazık olurdu."

"Sen bir kadını sevebilir misin?"

"Bazan. Olabiliyor."

"Bana da âşık olmuş muydun?"

"Gene mi o konuya dönüyorsun? Biliyorsun, kaybedecek vaktim yok; Firdevs'i götürüyorum."

"Götürmüyorsun."

"Götürüyorum."

"Beni tehdit mi ediyorsun, Fevzi? Artık senin tehditlerinden korkmuyorum. Polis çağıramazsın. Poliste senden daha fazla dostum, bağlantım var benim."

"Ben polise başvuracak insan mıyım? Buna ancak zayıf insanlar gerek duyar. Sen beni zayıf biri mi sanıyorsun Şerife?"

"Ne demek istiyorsun?"

"Ne demek istediğimi biliyorsun."

"Beni döversin, değil mi?"

"Seni dövmeyeli epey oldu. Canın dayak istiyor gibi geliyor bana."

"Bana vuracak olursan, ben de sana vururum Fevzi."

"İyi. Hangimizin daha güçlü olduğunu görürüz."

"Bir fiske bile vuracak olursan Şevki'yi çağırırım."

"Şevki de kimmiş? Başka bir erkeğin mi var? Birine mi âşıksın yoksa? Böyle bir şeye cüret mi ettin?"

Şerife'nin yanıtını duyamadım. Belki sesi benim duyamayacağım kadar alçaktı. Belki de bir şey söylemeden Fevzi eliyle ağzını kapamıştı. Çünkü ağza kapatılan bir el sesi, ardından bir tokat şaklaması duydum gibi geldi. Sonra da boğuk gürültüler... Bunların yüze inen yumuşak şaplaklar mı, yoksa vahşi öpücükler mi olduğunu anlayamıyordum. Ancak kısa bir süre sonra Şerife'nin karşı çıktığını işittim.

"Hayır Fevzi, hayır!"

Fevzi'nin sesi öfkeden ıslık gibi çıkıyordu. "Hayır mı? Hayır da ne demek? Seni sürtük!"

Altlarındaki yatak gıcırdadı, sonra Şerife'nin aynı karşı çıkış tonunda kesik kesik çıkan sesini bir kez daha duydum.

"Hayır Fevzi! Muhammed aşkına. Yapma! Yapmamalısın!"

Duvarın ardından Fevzi'nin öfkeden ıslık gibi çıkan sesi yeniden geldi. "Ne diyorsun sen, allahın belası kadın! Ne yapmamalısını, ne peygamberi? Kim bu Şevki? Öldüreceğim onu."

Birbirlerini kucaklıyor, sarılıyorlardı; soluksuz kalmış vahşi bir hayvanın titreyişleriyle yatağı şiddetle sallayarak, tuhaf bir şekilde hızlı, hatta çılgın bir ritimle, sürekli birbirlerine yaklaşıp uzaklaştıkça, yatak iki bedenin ağırlığı altında daha da gıcırdıyordu. Döşeme de sarsılmış, soluk soluğa kalmıştı sanki. Duvar da. Üstünde yattığım yatak bile o çılgın ritme yakalanıp sallanmaya başlamıştı.

Bu şiddetli sarsıntı aklımı başıma getirmişti. Aniden ayılmıştım; çevremde olup bitenleri anlamaya başlamış gibiydim. Düşteymiş gibi, Fevzi'nin sisler arasından ortaya çıkan yüzünü gördüm; sesi kulaklarımda yeniden yankılandı:

"Şerife seni aldatıyor. Senin sırtından para kazanıyor."

Sonra Şerife'nin sesi yankılandı:

"Bana vuracak olursan, ben de sana vururum Fevzi."

Gözlerimi açtım. Uzandığım yatakta benden başka kimse yoktu, oda boş ve karanlıktı. Parmaklarımın ucuna basarak Şerife'nin odasına gittim; onu yanında Fevzi'yle çıplak bir halde yatar buldum. Parmaklarımın ucuna basarak geri döndüm; elime ilk geçen elbiseyi giydim, küçük çantamı kaptım, ve merdivenlerden uçarcasına inerek sokağa çıktım.

Geceydi; mehtapsız kapkara bir gece. Dehşetli soğuk bir kış gecesiydi; kentin sokakları bomboştu, evlerin pencereleri ve kapıları soğuk girmesin diye sımsıkı kapanmıştı. İnce, neredeyse içini gösteren bir elbiseyle soğukta yürüyor, gene de soğuğu hissetmiyordum. Dört bir yanımı karanlık kuşatmıştı, gidecek hiçbir yerim yoktu, ama artık korkmuyordum. Caddede beni korkutacak hiçbir şey yoktu artık; en soğuk rüzgâr bile bedenimi ısıramazdı. Bedenim mi değişmişti? Başka bir kadının bedenine mi girmiştim? Bedenim, gerçek bedenim, kendi bedenim nereye gitmişti?

Elimin parmaklarını incelemeye başladım. Parmaklar benim parmaklarımdı, değişmemişlerdi. İnce uzun parmaklar. Bir keresinde adamlardan biri, daha önce hiç böyle parmak görmediğini, ellerimin güçlü ve kurnaz göründüğünü söylemişti. Kendilerine özgü bir dilleri varmış. Öptüğü zaman, belli belirsiz bir sesle konuşuyorlarmış gibi gelmiş ona. Gülerek parmaklarımı kulağıma yanaştırdım; ama hiçbir şey işitmedim. Yeniden güldüm, bu kez kahkaham kulaklarımda yankılandı. Sessiz gecede kendi kahkahamı duyunca irkildim. Kendi kendime güldüğümü bir gören olur da, beni Abbasiye Akıl Hastanesi'ne götürür diye dikkatle çevreme bakındım. Önce hiçbir şey göremedim, hemen sonra karanlıkta bana yaklaşan polisi ayrımsadım. Polis dosdoğru yanıma gelip koluma yapıştı,

"Nereye gidiyorsun?" diye sordu.

"Bilmiyorum."

"Benimle gelir misin?"

"Nereye?"

"Evime."

"Hayır... Artık erkeklere güvenmiyorum."

Küçük çantamı açıp ona ortaokul diplomamı gösterdim. Ortaokul, hatta ilkokul mezununa göre bir iş aradığımı, ama bulamazsam her işi yapmaya razı olduğumu söyledim.

"Paranı öderim. Seni karşılıksız istediğimi sanma. Diğer polislere benzemem ben. Ne kadar istiyorsun?"

"Ne kadar mı istiyorum? Bilmem."

"Benimle oynama, pazarlığa da kalkışma, yoksa seni karakola götürürüm."

"Neden? Ben bir şey yapmadım ki!"

"Sen bir fahişesin; benim görevim de seni ve senin gibileri yakalamak. Ülkeyi ve saygın aileleri senin gibilerden korumak. Ama sana karşı zor kullanmak istemem. Belki dalaşmadan anlaşabiliriz. Sana bir lira veririm: tam bir lira. Ne dersin?"

Ondan kurtulmaya çalıştım, ama koluma yapışıp sürüklemeye başladı. Dar, karanlık sokaklardan geçtikten sonra bir odanın tahta kapısından içeri girdik; orada beni yatağa yatırdı. Elbiselerini çıkardı. Üstümdeki bildik ağırlığı, pis kara tırnaklı ellerin bedenimdeki bildik gezinişini, kesik soluğunu, adamın pis kokulu terini, yatağın, yerin ve duvarların dünya hiç durmadan dönüyormuş gibi sallanışını hissederken gene gözlerimi kapadım. Sonra gözümü açtım, yataktan kalkıp giyindim; gitmeden önce başımı, yorgun başımı, bir an duvara yasladım. Arkamdan seslendiğini işittim:

"Ne bekliyorsun? Bu akşam hiç para yok üstümde. Gelecek sefere veririm."

Dar sokaklardan geçip uzaklaştım. Hâlâ geceydi, dondurucu bir soğuk vardı. Ayaklarımın altındaki tozu çamura çeviren bir yağmur başlamıştı. Evlerin önünde çöp yığınları vardı; çürümüş çöplerin kokusu beni dört yandan kuşatıyor, üstüme basıyor, içine çekiyor gibiydi. Kaçmak, dolambaçlı dar yollardan kurtulup bir caddeye, ayaklarım çamura batmadan yürüyebileceğim bir caddeye çıkmak için adımlarımı sıklaştırdım.

Ana yollardan birine çıktığımda yağmur hâlâ bardaktan boşanırcasına yağıyordu. Bir otobüs durağına sığınarak çantamdan çıkardığım mendille yüzümü, saçlarımı, gözlerimi kurulamaya başladım. Yüzüme beyaz bir ışık vurdu, bunu önce mendilimin beyazı sandım; ama mendilimi çektiğimde de ışık hâlâ otobüs farı gibi parlamayı sürdürdü. Tanın ağardığını, otobüslerin sefere çıktığını sandım. Ama otobüs de değildi bu. Farlarını gözüme çevirmiş bir arabaydı. Sonra arabadan bir adam indi; bir çırpıda arabanın öbür yanına dolaşıp önümdeki kapıyı açtı; yavaşça selam vererek son derece kibar bir sesle,

"Lütfen içeri girin, ıslanıyorsunuz," dedi.

Soğuktan titriyordum; yağmurda sırılsıklam olan ince elbisem üstüme yapışmıştı. Elbisemin altından göğüslerim neredeyse çıplak gibi görünüyor, uçları bütün açıklığıyla ortada duruyordu. Adam arabaya binmeme yardım ederken koluyla göğüslerime dokundu.

Evinin içi sıcaktı. Elbisemi çıkarmama yardım ettikten sonra çamurlu ayakkabılarımı çıkarttı, bedenimi ılık suyla ve sabunla yıkadı. Sonra beni yatağa götürdü. Ağırlığını göğüslerimde, karnımda, ellerini tüm bedenimde hissetmeye başlayınca gözlerimi kapadım. Ama elleri temiz ve bakımlıydı; soluğu güzel kokuyordu, teri ise yapışkandı ama temizdi.

Gözlerimi açtığımda güneş ışığında yıkanıyordum. Nerede olduğumu anlamak için çevreme bakındım. Şık bir odada yatıyordum; önümde de bir yabancı duruyordu. Çabucak kalkıp elbisemi ve ayakkabılarımı giydim. Çantamı alıp kapıya doğru yürürken yabancı kolunu uzatıp avcuma on lira sıkıştırdı. Gözümden örtüyü çekip almış gibiydi. Sanki gözlerim dünyaya ilk kez açılmıştı. On lirayı elime almam, tek bir harekette bütün gizi çözüvermişti; çocukken babam bana ilk kez bir kuruş, elimde tutabileceğim, benim olan bir kuruş verdiği zaman yaşadığım gerçeği kapatan örtü kalkmıştı. Babam bana hiç para vermezdi. Tarlada, evde çalışırdım, annemle birlikte babamdan artakalan kırıntıları yerdik. Ondan yiyecek artmadığı günlerde yatağa aç acına girerdim. Bir Kurban Bayramı'nda tatlıcıdan şeker alan çocuklar görmüştüm. Anneme koşup, "Bana bir kuruş ver," demiştim.

"Bende para yok. Parası olan baban," diye yanıtlamıştı.

Ben de babamı bulup ondan bir kuruş istemiştim. Elime vurup "Bende para mara yok," diye bağırmıştı.

Ama hemen ardından beni çağırıp, "Eğer Allah'ın izniyle sığırı ölmeden satabilirsem, sana bir kuruş veririm," demişti. Sonra babamı dua eder, Allah'a sığırın ölümünü geciktirmesi için yalvarırken görmüştüm. Ne var ki elinden bir şey gelmemiş ve sığır ölmüştü. Babam Allah'a dua etmekten vazgeçmiş, annem ne zaman bir şey söylese onu döver olmuştu. Bir kuruşu istemekten vazgeçmiştim. Sonra Şeker Bayramı'nda dükkânda yığılı şekerleri görünce babama,

"Bana bir kuruş ver," dedim.

Bu kez, "Sabah sabah ilk yaptığın para istemek mi? Git, hayvanların altını temizle, pisliklerini topla, tarlaya götür. Gün bitince sana bir kuruş veririm," dedi.

Gün bitip de tarladan döndüğümde bana gerçekten de bir kuruş verdi. Bana verilen ilk kuruştu bu; bütünüyle benim olan, avcuma koyup, parmaklarımla tutup sıkabileceğim ilk kuruştu. Ne babamın, ne annemindi, benimdi; istediğimi yapabileceğim, ister tatlı, ister keçiboynuzu, ister macun olsun ne istersem alabileceğim, canım ne isterse yiyebilmemi sağlayacak, benim olan bir kuruş.

O gün güneş pırıl pırıldı. Sağ elimle avcumdaki bir şeye, gerçekten değerli bir şeye, bu kez bir kuruş değil de tamı tamına on liraya sımsıkı yapışmış, hızla yürüyordum. İlk kez bu kadar çok param oluyordu. Daha doğrusu, parmaklarım kâğıt paraya ilk kez değiyordu. Bu temas bedenimde tuhaf bir gerginlik, içime bir şey atlamış da bedenimi neredeyse acıtacak derecede şiddetle sarsmış gibi, bir iç çekilme yarattı. Midemde gömülü bir yaranın atışını hissettim. Sırtımdaki kasları dinlendirmek için dikleşip derin bir soluk aldığım zaman yara acıyordu. Acının bir ürperti gibi, damarlarda delice atan kan gibi karnıma doğru yükseldiğini hissediyordum. Göğsümdeki sıcak kan boynuma, oradan boğazıma yükseldi; beraberinde neredeyse acı verecek kadar güçlü, etkili bir haz getiren sıcak bir salyaya dönüştü.

Tavukların parlak bir ateşin üzerinde kızardığı vitrine bakarken birkaç kez yutkundum. Gözlerimi oynaşan alevlerden, demir çubukta dönen tavuklardan alamıyordum. Güneş ışığından yararlanabilmek için pencere kenarında bir masa seçtim ve iri, nar gibi kızarmış bir tavuk ısmarladım. Oturup yavaş yavaş, her lokmayı sindire sindire yedim. Ağzım şekerleme atıştıran bir çocuğunki gibi doluydu; tavuğun güçlü, lezzetli bir tadı, ilk kuruşumla aldığım macunun tadına benzer tuhaf bir tatlılığı vardı. O benim yediğim ilk macun değildi aslında; annem daha önce de bana macun almıştı. Ama dükkândaki şekerler arasından seçtiğim ilk macun, kendi paramla aldığım ilk macundu.

Garson önüme diğer tabakları koymak için masaya eğildi. Yiyecek dolu tabağı tutan elini uzattı; ama gözleri tabağıma değil, başka yere bakıyordu. Tabağıma bakmaktan kaçınan bu gözler beni birdenbire gerçeğin farkına vardırdı; ömrümde ilk kez ne kadar yemek aldığıma bakmak için tabağıma dikilen gözler olmadan yemek yediğimi fark ettim. Doğduğumdan beri dört açılmış, çekinmesiz, tabağımdaki yiyeceğin her lokmasını izleyen bir çift göz, hep karşımdaydı.

Bir kâğıt parçası böyle bir değişikliğe yol açabilir miydi? Neden daha önce farkına varmamıştım? Yıllar boyu bundan gerçekten habersiz miydim? Hayır. Bunu uzun zamandır, doğduğumdan, babamı ilk gördüğümden bu yana bildiğimi şimdi anlıyordum. Babamdan tek aklımda kalan bir yumruk, avcundaki şeyi sımsıkı tutan parmaklardı. Parmaklarını hiç açmazdı; açsa bile elinde her zaman kalın, kaba parmaklarıyla yavaşça tuttuğu bir şey, çıngırtılı sesler çıkarsın diye düz taşa attığı parlak, yuvarlak bir şey gizlerdi.

Hâlâ güneşte oturuyordum. Yemeğin parasını ödemediğimden on lira çantamdaydı. Parayı çıkarmak için çantamı açtım. Garson yaklaştı, saygılı bir tevazu hareketiyle masaya eğilip tabakları toplamaya başladı. Çantama hiç bakmıyor, on lirayı görmek istemiyormuş gibi hep başka yöne bakıyordu. Gözlerin bu hareketini, gözkapaklarının böyle yere indirilişini, ellerime belli belirsiz takılan bu bakışı daha önce de görmüştüm. Bana kocamı, Şeyh Mahmut'u anımsatıyorlardı. Kocam namaz kılarken, gözleri yarı kapalı, ara sıra tabağıma kaçamak bakışlar atardı; dalmış gözlerle kitap satırlarını izlerken eli bacaklarımı arayan amcamı da anımsattı. Garson hâlâ tepemde dikilmiş duruyordu. Gözlerin üstüne sarkan o yarı kapalı gözkapakları, o kaçamak bakışlar aynıydı. Eline on lirayı tutuşturunca gözünün ucuyla paraya baktı, bir yandan da soyar gibi beni süzüyordu. Endişeye kapıldım. Elimde tuttuğum on lira, caiz olmayan bir zevkin karşılığı olduğundan haram ve yasak mıydı?

Neredeyse garsona, "On liranın haram olmasına kim karar verdi?" diye sormak için ağzımı açacaktım. Ama dudaklarımı sımsıkı kapadım, çünkü aslında yanıtı öteden beri biliyordum; yıllar önce, ilk kez para vermesi için direttiğimde babamın elime vurduğu anda keşfetmiştim bunu. Zamanla sık sık yinelenmişti bu ders. Bir gün pazar yerinde bir kuruş kaybedip eve döndüğümde annem beni dövmüştü. Amcam bana para verirdi ama anneme söylememem için uyarmayı da unutmazdı. Yengem, benim yaklaştığımı duyunca saymayı bitirmeden paraları koynuna sokardı. Kocam paralarını her gün sayar, ama geldiğimi duyar duymaz köşe bucak saklardı. Şerife de paralarını sayar, ama sesimi duymaya görsün, bir çırpıda gizli bir yere sokuştururdu. Bu nedenle yıllar boyu, ne zaman para sayan, hatta cebinden birkaç kuruş çıkaran birini görsem, öte yana bakar olmuştum. Para utanılacak, saklanması gereken bir şeydi; benim için haram olduğu halde başkalarının kullanabileceği, yalnızca onlar için yasal olan bir günah nesnesiydi sanki. Garsona buna kimin karar verdiğini, paranın kime haram, kime caiz olduğuna kimin karar verdiğini soracaktım ki, dudaklarımı sıkıca kapatıp sözcükleri yuttum. Bunun yerine ona on lirayı uzattım. Elini uzatıp parayı benden alırken başı hâlâ yerde, bakışları başka taraflardaydı.

O günden sonra başımı eğmekten, gözlerimi kaçırmaktan vazgeçtim. Sokaklarda başım dik, gözlerim tam karşıya dikili yürüdüm. İnsanların gözünün içine bakar, para sayan birini gördüm mü, gözümü ona dikerdim. Sokakları arşınlamayı sürdürdüm. Güneş sırtıma vuruyordu. Işınları içime sızıyordu. İyi yemeğin sıcaklığı damarlarımdaki kanla birlikte bedenimde geziyordu. On liranın üstü cebimde güvenli duruyordu. Karanlık, dar sokaklarda adımlarım yere hızla, yeni bir hevesle, oyuncağını parçalayıp nasıl çalıştığını keşfetmiş bir çocuğun sevinciyle basıyordu.

Adamın biri yanıma gelip bir şeyler fısıldadı. Gözünün ta içine bakıp, "Hayır," dedim. Başka bir adam gelip zor işitilen, gizemli bir sesle bir şeyler fısıldadı. Tepeden tırnağa süzüp ona da "Hayır," dedim. "Neden?" diye sordu. Bir sürü erkek olduğunu, birlikte gideceğim erkeği kendim seçmek istediğimi söyledim.

"Neden beni seçmiyorsun?" dedi.

"Çünkü tırnakların pis, ben temiz olmasını istiyorum," dedim.

Üçüncü bir adam yaklaştı. O gizli sözcüğü, artık çözdüğüm bilmecenin anahtarını söyledi.

"Ne kadar vereceksin?" diye sordum.

"On lira."

"Hayır, yirmi."

"İstekleriniz benim için emirdir," deyip parayı oracıkta ödedi.

Ömrümün kaç yılı, bedenimle benliğim gerçekten istemediğim şeyleri yapacak kadar benim olmadan geçti? İlk günden beri beni avuçlarına almış olan insanlardan bedenimle benliğimi çekip kurtarıncaya dek kaç yıl geçti? Yiyeceğim yemeğe, oturacağım eve, ne nedenle olursa olsun hoşlanmadığım erkeği reddetmeye, yalnızca temiz ve bakımlı diye bile olsa birlikte olacağım erkeği seçmeye kendim karar veriyordum artık. Çeyrek yüzyıl geçmişti; ana caddeye bakan ve benim olan bir eve, istediğim yemekleri pişiren bir aşçıya, uygun bulduğum koşullarda, uygun bulduğum saatlerde randevularımı ayarlayan birine sahip olduğumda yirmi beş yaşımdaydım. Banka hesabım durmadan kabarıyordu. Artık rahatça dinlenmeye, yürüyüşe çıkıp sinemaya, tiyatroya gitmeye, dostluk kurmak için çevremde dört dönen bir sürü insan içinden seçilen birkaç yakın dostla siyaset üstüne konuşmaya ve okumaya zamanım vardı.

Dostlarımdan biri Daye'ydi. Gazeteci, yazar ya da öyle bir şeydi. Onu diğer arkadaşlarıma yeğliyordum, çünkü kültürlüydü; ben de okula gidip okumayı öğrendiğimden bu yana, özellikle de bu son dönemde kültüre merak salmıştım, çünkü artık kitap alabiliyordum. Evimde büyük bir kitaplığım vardı, zamanımın çoğunu orada geçiriyordum. Duvarlara güzel resimler asmıştım, tam ortada da pahalı çerçevesi içinde ortaokul diplomam asılıydı. Kitaplığa kimse giremezdi. Yalnızca bana ait, çok özel bir odaydı burası. Misafirlerimi kabul ettiğim yer yatak odamdı. Daye ilk kez evime geldiğinde, ben daha yatağımın üstündeki işlemeli örtüyü kaldırmadan,

"Dur, biraz konuşalım. Konuşmayı yeğlerim," dedi.

Sırtım ona dönük, yatağa bakıyordum; o nedenle bu sözleri söylerken yüzündeki ifadeyi göremedim. Ancak duyduğum sesin farklı bir tınısı, diğer erkeklerde hiç işitmediğim bir tonu vardı.

Dönüp yüzüne baktım. Hiçbir zaman dönüp bir adamın yüzüne bakmazdım. Adamın yüzüne, hatta ayrıntılarına şöyle bir göz bile atmadan işli örtüyü kaldırırdım. Gözlerimi hep kapalı tutar, ancak üstümdeki ağırlık kalkınca açardım.

Döndüm, başımı kaldırıp dosdoğru yüzüne baktım. Sesi gibi yüz hatlarında da daha önce görmediğim bir şeyler olduğunu fark ettim. Başı gövdesine göre çok büyük, gözleri yüzüne oranla küçüktü. Teni koyuydu, ama gözleri siyah değildi; loş ışıkta tam rengini ayırt edemiyordum. Geniş alnı çok yukarıdan başlıyordu, küçük bir burnu vardı. Burnunun altında bıyık yoktu, saçlarıysa büyük başına oranla seyrek görünüyordu.

Tek kelime etmeden yüzüne baktığımı görünce, söylediklerini işitmediğimi sanıp yineledi:

"Biraz konuşalım. Konuşmayı her şeye yeğlerim."

"Gene de ötekiler gibi sen de bana para ödemek zorundasın. Benimle geçirebileceğin zaman belirlidir ve her dakika para demektir."

"Sanki hastanedeymişiz gibi konuşuyorsun. Neden duvarına fiyat listesi asmadın? Acil ziyaretlerin de var mı?"

Sesinde alaycı bir ton vardı; ama ben nedenini anlamadığımdan,

"İşimle mi, tıpla mı alay ediyorsun?" diye sordum.

"Her ikisiyle de."

"Benzer yanları mı var?"

"Evet," dedi. "Bir farkla ki, doktorlar işlerinin saygıdeğer olduğuna inanırlar."

"Ya ben?" diye haykırdım.

"Sen saygıdeğer değilsin," dedi, ama daha "saygıdeğer değil" sözcükleri dudaklarından çıkar çıkmaz, duymamak için ellerimle kulaklarımı kapatmaya çalıştım. Ne var ki keskin bir bıçak gibi girdi bu sözcükler kafamın içine. Sonra o dudaklarını sımsıkı kapattı. Odayı, aniden derin bir sessizlik kapladı; ama sözcükleri kulaklarımda yankılanmayı sürdürdü; bıçak ucu kadar sivri bir şey gibi, dokunulabilir, somut bir nesne gibi kulaklarımdan beynime, başımın en derin noktalarına sızıp oraya saplandı.

Ellerim hâlâ kulaklarımdaydı; kendimi onun sesine kapatmıştım. Artık sesini duymuyordum; yeniden konuşmaya başladığı zamansa dudak hareketleri sanki görünmez olmuşlardı. Sözcükler dudaklarından kaçar gibi dökülüyorlardı. Yüzeyleri belirli, dokunulabilir nesneler gibi, beni hedef alan tükürük damlaları gibi, dudaklarını kulaklarımdan ayıran havanın içinden geçerken neredeyse görebiliyordum onları.

Dudaklarını benimkilere değdirmeye çalışırken, o sözcükler hâlâ beynimde yankılanıyordu. Onu geri iterek,

"İşim saygın değil. O halde sen niye buradasın?" dedim.

Bana zorla sahip olmaya çalıştı; ama zorlamalarına direnince hemen çıkıp gitti.

Daye evden gitse de, söyledikleri o gece kulaklarımdan hiç çıkmadı. Bir anda belleğime yerleşip geçmişime ait şeyler oldular. Ne var ki yeryüzündeki hiçbir güç, bir tek anda zamanın akışını tersine çeviremezdi. O andan önce aklım dingindi, karışık değildi. Her gece başımı yatağa koyar koymaz derin bir uykuya dalar, sabaha kadar uyanmazdım. Oysa şimdi başım, gece gündüz kaynayan su gibi, fokurdayıp köpürüp duran gel-git gibi, dur durak bilmeyen bir devinimle titriyordu. Azgın bir denizin homurtusuna benzeyen bir ses kulaklarımdan yastığa, yastıktan kulaklarıma gidip geliyordu. Bu fırtınada artık hangisinin denizin azgın sesi, hangisinin rüzgârın uğuldayan sesi olduğunu bilemiyordum; çünkü her şey gece ve gündüz gibi birbirini izleyen, her vuruşta "saygın değil", "saygın değil" diyen kalp atışlarım gibi bir dizi vuruş, kemiklerimin içine, dışına, yatağıma, döşemeye, yemek odasına, merdivenlere, sokaklara, duvarlara vuran çekiç darbeleri olmuştu. Nereye gitsem başımı, yüzümü, bedenimi, kemiklerimi döven çekiç darbeleri iniyordu. Nereye gitsem tükürük gibi, kulağıma yapışmış aşağılayıcı yapışkan bir tükürük gibi, çıplak bedenime takılan utanmaz gözlerin tükürüğü gibi, beni çırılçıplak soyup, ağır ağır küstahça süzen bütün o yüzsüz gözlerin tükürüğü gibi, horgörülerini saygınlık kılıfı ardına saklayıp, elbiselerimi çıkarırken başka yana bakan sözde saygılı gözlerin tükürüğü gibi soğuk, yapışkan yapışıp kalmışlardı üstümde.

Tek bir ibare, iki sözcükten oluşan küçük bir ibare tüm yaşamımı aydınlığa çıkardı; onu olduğu gibi görmemi sağladı. Gözlerimdeki örtüyü çekip aldı. Gözlerimi ilk kez açıyor, yaşamımı yeni bir biçimde görüyordum. Ben saygın bir kadın değildim. Daha önce farkına varmadığım bir şeydi bu. Gerçeği hiç fark etmemiş olmayı yeğlerdim. Hiç olmazsa uykum kaçmaz, iştahım kesilmezdi o zaman. Bu yeni bilgiyi kafamdan atmanın bir yolu var mıydı? Ne de olsa yalnızca acı gibi bir şeydi; başıma bıçak ucu gibi keskin, saplanmıştı. Aslında bıçak bile değildi, iki sözcüktü yalnızca, ellerimle kulaklarımı kapayıp defedemeden önce beynime ok gibi saplanan bir ibare. Beynimdeki bir kurşunu çıkarır ya da bir uru çıkarıp atarcasına onu kafamdan çıkarabilecek bir şey yok muydu?

Artık dünyada hiçbir şey, o gece o adamın söylediği iki sözcüğü işitmeden önceki halime döndüremezdi beni. O andan itibaren başka bir kadın olmuştum. Eski hayatım geride kalmıştı. Bedeli ne olursa olsun, ister açlık, ister soğuk, isterse en ağır yoksulluk olsun, hangi işkencelerden, hangi acılardan geçersem geçeyim, geri dönmek istemiyordum. Bedelini hayatımla ödeyecek de olsam, saygın bir kadın olmalıydım. Kulaklarımın duyduğu o aşağılamadan kurtulmak, bedenimi o utanmaz gözlerden kaçırmak için her şeyi yapmaya hazırdım.

Hâlâ ortaokul diplomam ve başarı belgem vardı; saygın bir iş bulmaya kesin kararlıydım. Hâlâ insanların yüzüne dimdik bakabilen, hayatta yolumu çizerken önüme çıkan o hilekâr, o yan bakışları karşılamaya hazır bir çift siyah gözüm vardı. Nerede bir ilan görsem başvuruyordum. İş bulabileceğim bütün bakanlıklara, şubelere ve şirketlere gittim. Bu çabaların sonunda, büyük bir sanayi kuruluşunda iş buldum.

Şimdi şefin kocaman odasından küçük bir kapıyla ayrılmış küçük bir odam vardı. Kapının üstünde kırmızı bir ışık, yanında da zil duruyordu. Zil çaldığında kapıyı açıp şefin odasına girerdim. Orada, masasının ardında otururdu; elli yaşlarında şişman, kel, gün boyunca elinden sigara düşmeyen bir adamdı. Birkaç dişi eksikti, olanlar da sapsarıydı. Ağzında sarkan sigarasıyla, başını kâğıtlardan kaldırıp,

"Bugün gerçekten üst düzeydekiler dışında kimseyi kabul etmiyorum. Anlaşıldı mı?" derdi.

Ben daha "Gerçekten üst düzeydekiler ne demek?" diye soramadan başını gene kâğıtlarına gömer, sigara dumanları arasında kaybolur giderdi.

İş bitince küçük çantamı alıp eve dönerdim. Ev dediğim de bir ev ya da daire değil, tuvaleti bulunmayan küçük bir odaydı. Her sabah tan ağarırken namaza kalkan, sonra kapımı çalıp beni uyandıran yaşlı bir kadından kiralamıştım. İşim sekizden önce başlamazdı, ama ben hep beşte kalkıp havlumu alarak, banyonun önündeki kuyruğa katılmak üzere aşağı inerdim. Çok az olan maaşım bu evden başkasında yaşamama izin vermiyordu. Ev, tamircilerle marangozların çalıştığı küçük dükkânların bulunduğu dar bir ara sokaktaydı. Otobüs durağına varmak için dar sokaklardan ve ana yolun bir kısmından geçmem gerekiyordu. Otobüs geldiğinde, bekleyen insanlar binmek için birbirlerine girerlerdi. İtişip kakışan, dövüşen bu kalabalığa katılırdım. Otobüse bindiğimde, üst üste binmiş bedenlerin tek bir yığın oluşturduğu bir fırına girmiş gibi olurdum.

Çalıştığım şirket binasının iki kapısı vardı: biri yalnızca giriş çıkışlarını kimsenin denetlemediği üst düzey görevliler için; diğeriyse kapıcıya benzeyen bir memurun denetlediği alt düzey görevliler için. Kapıcı, önünde büyük bir kayıt defteri, küçük bir masanın ardında otururdu. Memurlar sabah gelince ve akşam çıkarken defteri imzalarlardı. Ben de uzun listenin altına adımı yazar, karşısına imza atardım. Sonra kapıcı, adımın yanına geliş saatimi ve dakikasını yazardı. Günün sonunda çıkarken aynı işlemlerle, çıkış saatimi de kaydederdi.

Müdürler istedikleri zaman gelip giderlerdi. Hepsinin büyük ya da küçük bir arabası vardı. Ben otobüste ayakta, insanların arasında sıkışmış giderken, onların arabalarında kurulduklarını görürdüm. Bir gün zar zor kalabalığın arasından otobüse atlamaya çalışırken, bunlardan biri beni gördü. Üst düzey bir amirin, memuruna o bildik bakışıyla süzüyordu beni. Başımdan aşağı buz gibi indi bakışları, kan beynime sıçradı, ayaklarım sendeledi ve birden durdum. Durduğum yere gelip,

"Sizi evinize bırakabilirim," dedi.

Gözlerine baktım. Bu bakışlar açıkça, "Sen yoksul, zavallı, değersiz bir memursun; otobüslerin peşinden koşarsın. Seni arabama alacağım, çünkü dişi bedenini arzuluyorum. Benim gibi saygın bir müdür tarafından arzulanmak sana onur vermeli. Kim bilir, belki bir gün yükselmene de yardımcı olurum," diyordu.

Ben hiçbir şey söylemeyince, söylediklerini duymadığımı sandı. Bir kez daha yineledi: "Sizi evinize bırakabilirim."

Sakin bir sesle yanıtladım: "Bedenimin fiyatı, maaşımı artırarak ödeyebileceğinizden çok daha yüksektir."

Gözleri şaşkınlıkla büyüdü. Belki de nasıl olup da düşüncelerini bu kadar kolay okuyabildiğimi merak ediyordu. O hızla çekip giderken ardından baktım.

Şirkette üç yıl geçirdikten sonra, bir fahişe olarak, ben de dahil bütün kadın memurlardan daha saygın olduğumu, bana daha fazla değer verildiğini kavradım. O zamanlar tuvaleti olan bir evde yaşardım. İstediğim zaman girer, kapısını kilitlerdim, kimse de bana çabuk çık demezdi. Bedenim otobüsteki diğer bedenler arasında ezilmezdi, önümden arkamdan kimse sarkıntılık etmezdi. Fiyatım ucuz değildi; ücretimi artırarak, Nil kıyısında araba gezintisi önererek ödenemezdi. Müdürümün sevgisini kazanmak ya da şefin öfkesinden kaçınmak için de bedenimi kullanmazdım.

Bu üç yıl boyunca amirlerimden hiçbirinin bana elini sürmesine izin vermedim. Hayli yüksek bir fiyata alıştıktan sonra, düşük fiyatla küçük düşmeye hiç niyetim yoktu. Birlikte yemek yemek ve Nil kıyısında arabayla gezinti yapmak tekliflerini bile reddetmiştim. Uzun bir günün ardından eve gidip uyumayı yeğliyordum. Her gece, bir yemek daveti almak, iyi bir sicil edinmek ya da salt kendilerine kötü davranılmasından kurtulmak, başka bölümlere gönderilmemek, haksızlığa uğramamak için bedenlerini, gayretlerini sunacak kadar saf olan kızlara acıyordum. Şeflerden biri bana bir teklifte bulunsa,

"Onurumu ve itibarımı diğer kızlardan üstün tutuyorum sanmayın, ama fiyatım onlardan çok daha yüksektir," derdim.

Kadın memurların işlerini yitirmekten, fahişelerin yaşamlarını yitirmekten korktuğundan daha çok korktuklarını fark ettim. Kadınlar işlerini kaybedip fahişe olmaktan korkarlar; çünkü fahişelerin yaşantısının kendilerininkinden iyi olduğunu bilmezler. Böylece yaşama, sağlıklarına, bedenlerine ve akıllarına ilişkin hayali korkularının bedelini öderler. En değersiz şey için bedellerin en büyüğünü öderler. Hepsinin kendilerini çeşitli fiyatlara satan fahişeler olduğunu, en pahalı fahişenin en ucuz fahişeden daha iyi olduğunu biliyordum artık. İşimi kaybedersem, onunla birlikte ancak komik bir ücreti, üst düzey yetkililerin kadın memurlara bakarken gözlerinde okunan horgörmeyi, otobüste hissettiğim, erkeklik organlarının o aşağılayıcı baskısını ve sabahları tuvaletin önündeki uzun kuyrukta beklemeyi kaybedeceğimi biliyordum.

İşimi kaybetmemek için pek de çaba göstermiyordum; belki de sırf bu yüzden benimle ilgilenmeye başladılar. Onların dikkatini çekmek için özel hiçbir şey yapmıyordum. Tam tersine, birbirleriyle rekabete giren onlardı. Böylece benim, onurlu bir kadın, saygın bir memur, hatta şirketteki en onurlu, en saygın kadın olduğum dedikodusu yayıldıkça yayıldı. Erkeklerin hiçbir zaman benim gururumu kırmayı başaramadığı, tek bir yetkilinin bile bana boyun eğdirtip, bakışlarımı yere çevirtemediği de söylendi.

Ama her şeye karşın işimi seviyordum. Kadın arkadaşlarımla buluşuyordum orada. Konuşuyorduk. Bürom, oturduğum odadan daha iyiydi. Tuvaletlerin dışında kuyruk yoktu. Siz içerdeyken de kimse dışardan acele etmeniz için seslenmezdi. Şirket binasında, iş günü bitince eve dönmeden önce biraz oturduğum küçük bir bahçe vardı. Bazen sıkıcı odama, pis arka sokaklara ve kokan tuvaletlere olabildiğince geç dönmek için gece basıncaya dek orada oyalanırdım.

Bir gün bahçede otururken, memurlardan biri beni gördü. Hareket etmeyen, insan boyutlarında bir gölge görünce bir an ürktü. Yaklaşmadan seslendi:

"Kim var orada? Kim oturuyor orada?"

Üzgün bir sesle, "Benim, Firdevs," dedim.

Yaklaşınca beni tanıdı, orada tek başıma oturmama şaşırdı; çünkü ben şirketteki en iyi memurlardan biriydim, en iyi memurlar da iş biter bitmez evlerine giderdi.

Yorgun olduğum için biraz dinlenmek istediğimi söyledim. Yanıma oturdu. Adı İbrahim'di. Kısa, tıknaz, kıvırcık siyah saçlı ve kara gözlüydü. Karanlığa karşın bana bakan, beni inceleyen gözlerini görebiliyordum. Ne zaman başımı çevirsem, beni izliyor, gözlerini bana dikmiş, bir an bile ayırmıyordu. Yüzümü ellerimle kapadığım zaman bile, ellerimin arasından gözlerimi görüyormuş gibi geliyordu bana. Ama kısa bir süre sonra ellerimi tutup yavaşça yüzümden çekti.

"Firdevs, Firdevs, lütfen ağlama."

"Bırak da ağlayayım," dedim.

"Seni hiç ağlarken görmemiştim. Ne oldu?"

"Hiç. Hiçbir şey."

"Olur mu! Mutlaka bir şey olmuştur."

"Nedenini bilmiyorum. Yeni hiçbir şey olmadı."

Yanımda sessizce oturdu. Kara gözlerinin geceye daldığını, gözyaşlarının parıltılı bir ışıkla aktığını görebiliyordum. Dudaklarını kısıp, zorlukla yutkundu; gözlerindeki ışık birden kayboldu. Geceleyin yalazlanan alevler gibi, gözleri bir parlayıp bir sönüyordu. Dudaklarını kısıp yutkundu, ama iki damla yaş gözlerinden taştı, yavaşça iki yana süzüldü. Bir eliyle yüzünü örttü, diğeriyle bir mendil çıkarıp burnunu sildi.

"İbrahim, ağlıyor musun?" diye sordum.

"Hayır Firdevs."

Sonra mendilini gizleyip, zorlukla yutkunarak gülümsedi.

Bahçe derin bir sessizliğe gömülmüştü. Çevrede tek bir ses, tek bir kıpırtı yoktu. Gökyüzü, aysız güneşsiz bir karanlığa bürünmüştü. Yüzümü ona doğru çevirdim, göz göze geldik: bana bakan kapkara iki yuvarlağın çevresinde apak iki halka... Gözlerine bakmayı sürdürdükçe ak daha ak, kara daha kara oldu; sanki yerde de gökte de bulunmayan gizemli bir kaynaktan alıyorlardı ışıklarını; çünkü toprak gece örtüsüne bürünmüştü, gökyüzündeyse ona ışık verecek ne ay ne de güneş vardı.

Gözlerimi gözlerine diktim. Uzanıp elini elime aldım. Birbirine dokunan ellerimizin yarattığı duygu tuhaf, apansızdı. Bedenimi uzak ve derin bir hazla, anımsayabildiğim zamandan, bilincimin erişebildiği zamandan bile daha gerilere uzanan bir hazla titreten bir duyguydu bu. Bir yerlerde hissedebiliyordum onu, varlığımın ben doğduğum zaman doğan, ama ben büyürken büyümeyen bir parçası gibi. Bir zamanlar bildiğim, ama doğarken geride bıraktığım bir parçası gibi...

O an bir anım geldi aklıma; dudaklarım konuşmak üzere aralandı, ama sesim çıkmadı, anım aklımdan uçup gitmişti. Yitirmek üzere olduğum, ya da o an sonsuza dek yitirdiğim değerli bir şeyin anısıyla çılgın gibi atan korku dolu yüreğim sarsıldı, durayazdı. Parmaklarım, yeryüzünün en büyük gücü bile gelse onu oradan çekip alamazmış gibi şiddetle İbrahim'in eline yapıştı.

O geceden sonra ne zaman karşılaşsak, dudaklarım, dilimin ucundakileri söylemek için aralanırdı. Yüreğim korkuyla, ya da korkuya benzer bir duyguyla atardı. Yanına gitmek, elini tutmak isterdim; ama o bana hiç dikkat etmeden işe gelip giderdi. Kazara gözleri bana takıldığında, diğer kadın memurlara bakışından farklı olmazdı bakışları.

İşçilerin katıldığı büyük bir toplantıda onun adaletten ve yönetimin sahip olduğu ayrıcalıkların kaldırılmasından söz ettiğini işittim. Arkadaşlarımla birlikte onu coşkuyla alkışlayıp, elini sıkmak için uzun süre kapıda bekledik. Sıram geldiğinde bir an elini tutup gözlerine baktım. Masamda otururken tahta yüzeye ya da elime dalgınlıkla "İbrahim" yazar, iç avludan geçtiğini görür görmez fırlayıp yanına gitmeye davranırdım. Ama bir dakika kadar sonra yeniden yerime otururdum. Arkadaşım Fethiye beni birkaç kere yerimden kalkıp otururken yakaladı. Yanıma gelip kulağıma fısıldadı:

"Neyin var Firdevs?"

"İbrahim her şeyi unuttu mu?" diye sordum.

"Neyi unuttu mu?"

"Bilmiyorum Fethiye."

"Canım kızım, düşler dünyasında yaşıyorsun."

"Hiç de değil, Fethiye. Bir şeyler oldu, biliyorum."

"Ne oldu?"

Ona olup biteni anlatmaya çalıştım, ama nasıl açıklayacağımı bilmiyordum. Daha doğrusu söyleyecek hiçbir şey bulamadım. Anımsayamayacağım bir şey olmuş, daha doğrusu hiçbir şey olmamış gibiydi.

Gözlerimi kapayıp olayı yeniden yaşamaya çalıştım. Yalnızca apak iki halkanın çevrelediği kapkara iki yuvarlak belirdi gözlerimin önünde. Ben baktıkça büyüyüp irileştiler; kara yuvarlak dünya kadar büyüdü, ak halka ise insanın içine işleyen, güneş kadar büyük bir kütleye dönüştü. Gözlerim akla karanın içinde, artık yoğunluklarından ikisini de algılayamaz hale gelene kadar kayboldular. Gözlerimin önündeki imgeler birbirine karıştı. Annemle babamın, Vafeya ile Fethiye'nin, İkbal ile İbrahim'in yüzlerini birbirinden ayıramıyordum artık. Gözlerimi, sanki kör oluyormuşum gibi panik içinde açtım. Fethiye'nin yüz hatlarını hâlâ görebiliyordum, yeryüzünün karanlığına ya da güneşin parıltılı beyazına karşın orada duruyordu.

"İbrahim'e âşık mısın?" diye sordu.

"Yoo," dedim.

"O zaman neden adının her geçişinde titriyorsun?"

"Ben mi? Asla! Asla titremiyorum! Hep abartırsın Fethiye."

"İbrahim iyi bir insan ve devrimci."

"Biliyorum. Ama ben küçük bir memurdan başka bir şey değilim. İbrahim benim gibi bir zavallıya neden âşık olsun?"

Şirkette İbrahim'in başkanı olduğu devrimci bir komite kuruldu. Komiteye katılıp gece gündüz, tatillerde bile çalışmaya başladım. Gönüllü bir işti. Artık ücretimi sorun etmiyordum. Sabahları tuvaletin önündeki uzun kuyruk beni sıkmıyor, çevremdeki bedenlerin baskısı aşağılayıcı gelmiyordu. Bir gün İbrahim, otobüsün peşinden koştuğumu görüp küçük arabasını durdurdu ve bana seslendi. Yanına oturdum. Hemen sonra,

"Sana hayranım Firdevs. Şirkette senin kadar zeki, enerjik ve ikna gücü fazla beş kişi olsaydık, dünyada yapamayacağımız şey kalmazdı," dedi.

Hiçbir şey demedim. Küçük çantamı göğsüme bastırıyor, yüreğimin deli gibi çarpmasını önlemeye, soluklarımı yatıştırmaya çalışıyordum. Ama kısa bir süre sonra hâlâ kesik kesik soluduğumun farkına vardım. Duygularımı gizlemek amacıyla, gerçeği daha çok açığa çıkaran bir özür mırıldandım:

"Otobüsün peşinden koşayım derken soluk soluğa kaldım."

Ne yapmaya çalıştığımı anlamış olmalıydı, çünkü hiçbir şey demeden yalnızca gülümsedi. Kısa bir süre sonra,

"Doğrudan eve gitmek mi istersin, yoksa bir yerde oturup konuşalım mı?" diye sordu.

Soru beni şaşkına çevirdiğinden düşünmeden yanıtladım:

"Eve gitmek istemiyorum." Sonra yaptığım hatayı onarmak için bir çırpıda ekledim: "Uzun bir günden sonra yorgunsundur herhalde. Belki eve gidip dinlensen daha iyi olur."

"Belki seninle biraz konuşmam daha iyi olur. Tabii yorgun değilsen, eve gidip dinlenmeyi yeğlemiyorsan."

Ne dediğimin farkında olmadan yanıtladım: "Dinlenmek mi? Dinlenmenin ne demek olduğunu hiç bilmedim."

Güçlü sıcak eliyle elimi tuttuğunu hissettim. Tepeden tırnağa titriyordum. Saç diplerim bile ürpermişti sanki.

Sakin bir sesle, "Firdevs, ilk karşılaşmamızı anımsıyor musun?" diye sordu.

"Evet."

"O günden beri seni düşünüyorum."

"Ben de seni."

"Duygularımı gizlemeye çalıştım, ama artık yapamıyorum."

"Ben de."

O gün her şeyden konuştuk. Ben çocukluğumu, geçmişte olanları anlattım; o da çocukluğundan ve geleceğe ilişkin düşlerinden söz etti. Ertesi gün gene buluşup bu kez her konuda daha serbestçe konuştuk. Ona kendimden bile gizlediğim ve görmeyi reddettiğim şeyleri anlattım. İbrahim de bana karşı çok içtendi, hiçbir şey gizlemedi. Üçüncü gün beni küçük evine götürdü; geceyi onunla geçirdim. Uzun süre sakin sakin konuştuktan, söylenebilecek her şeyi söyledikten sonra birbirimize sıkıca sarıldık.

Tüm dünya avucumun içindeydi sanki. Büyüyor, genişliyor gibi geliyordu bana; güneş de eskisinden çok daha parlaktı. Çevremdeki her şey, tuvaletin önündeki sabah kuyruğu bile parlak bir ışıkla çevrelenmişti şimdi. Otobüsteki insanların gözleri artık sarı ve donuk bakmıyor, tersine yeni bir ışıkla parlıyordu. Aynaya baktığımda gözlerim iki mücevher gibi pırıl pırıl parlıyordu. Bedenim tüy gibi hafifti, bütün gün yorulmadan ya da uyuma gereksinimi hissetmeden çalışıyordum.

Bir sabah iş arkadaşlarımdan biri yüzüme bakıp endişeyle sordu:

"Neler oluyor Firdevs?"

"Neden?"

"Yüzün değişmiş."

"Ne demek istiyorsun?"

"Sanki gizli bir ateşle yanıyor gibisin."

"Âşığım."

"Âşık mı?"

"Sevmek ne demek, biliyor musun?" diye sordum.

Üzgün üzgün, "Hayır," dedi.

"Zavallı," dedim.

"Seni zavallı kadın, yanılgılar içindesin," dedi. "Aşk diye bir şeyin varlığına inanıyor musun?"

"Aşk beni bambaşka bir insan yaptı. Dünyayı harikulade kıldı."

Konuşurken sesinde derin bir hüzün vardı: "Düş dünyasında yaşıyorsun. Bizim gibi meteliksiz kadınların kulaklarına fısıldanan aşk sözlerine inanıyor musun?"

"Fakat o bir devrimci. Bizim için, iyi bir yaşamdan yoksun bırakılan herkes için savaşıyor."

"Gerçekten zavallısın. Sen onun toplantılarda söylediklerinin doğru mu olduğunu sanıyorsun?"

Kızarak, "Yeter," dedim. "Gözlerine kara gözlükler takıp sonra da güneşi göremediğini söylüyorsun."

Güneş yüzüme vuruyordu. Çevremdeki aydınlığa ve sıcaklığa göz gezdirdim, onu her zamanki saatte avluda göreceğimi biliyordum. Gözleri yeni, tuhaf bir parlaklıkla güneş ışığını yansıtıyordu. Bakışları bana farklı geldi; başka birinin gözleriyle bakıyormuş gibi, kendimi yabancı hissettim. Ona doğru koştum; ama çevresinde elini sıkarak onu kutlayan kadınlı erkekli bir grup vardı. Kalabalıkta beni görmedi. Kulaklarıma tuhaf bir titreşimle gelen şu sözleri işittim:

"Dün müdürün kızıyla nişanlandı. Akıllı bir oğlan, her şeye layık. Parlak bir geleceği var, şirkette hızla yükselecek."

Söylenenleri duymamak için kulaklarımı kapadım. Çevresindeki neşeli gruptan uzaklaşıp şirketin kapısından çıktım, ama eve gitmedim.

Sokaklarda başıboş yürümeye başladım. Gözlerim hiçbir şey görmüyordu, çünkü gözyaşlarım durmadan akıyor, bir durup bir başlıyordu. Çok geçmeden yüzümle boynumdaki yaşlar kurudu; ama bluzumun önü sırılsıklam olmuştu. Gecenin soğuk havası içime işliyordu. Titriyordum; ısınmak için kollarımı göğsüme doladım. Bedenime dolanan kollarını anımsayınca titremem arttı. Ağlıyordum, ama gözyaşlarım akmıyordu artık. Hıçkıran bir kadın sesi duydum; duyduğum sesin kendi sesim olduğunu fark ettim.

O gece şirkete gittim. Büroma girip kâğıtlarımı topladım, çantama koydum; sonra hızla ana kapıya doğru yürüdüm. Sabahki haberi duyduğumdan beri İbrahim'i görmemiştim. Girişte biraz duraklayıp çevreme bakındım. Gözlerim arka avludaki küçük bahçede gezindi. Gidip orada oturdum. Durmadan çevreme bakınıyordum. Ne zaman uzaktan bir ses duysam, bir kıpırtı sezsem, çevreme bakınıyordum. Bir an giriş kapısının yakınında hareket eden insan büyüklüğünde bir karaltı gördüm. Hemen ayağa fırladım. Yüreğim deli gibi atıyor, yüzüm alev alev yanıyordu. Gördüğüm karaltı bana doğru geliyor gibiydi. Kalktım, yavaşça ona doğru yürüdüm. Ter içinde kalmıştım. Başımla avuçlarım sırılsıklamdı. Karanlık avluda yürürken sancılı bir korku duydum. Kendimin bile zor işittiğim bir sesle, "İbrahim," diye seslendim.

Koyu sessizlik bozulmadı. Hiç ses gelmeyince korkum arttı, çünkü gecenin içinde insana benzeyen o gölgeyi hâlâ görüyordum. Bu kez benim de açık seçik duyduğum yüksek bir sesle seslendim:

"Kim var orada?"

Kendi sesim, uykusunda konuşan biri gibi, beni kendime getirdi. Karanlık, ortalama bir insan boyunda, alçak, sıvasız bir duvarı ortaya çıkaracak şekilde biraz aralandı. Daha önce de gördüğüm, ama kısa bir süre için o an yapılmış sandığım bir duvardı bu.

Kapıdan çıkmadan önce bir kez daha çevreme bakındım. Gözlerim, birdenbire yarılıp İbrahim'in gözlerini, ya da elveda diyen elini ortaya çıkartmalarını bekleyerek kapılarda, pencerelerde, duvarlarda dolaştı. Durmadan bakınıyorlardı. Umudumu bir yitirip bir kazanıyordum. Gözlerim deli gibi araştırıyor, göğsüm daha derin inip kalkıyordu. Sokağa çıkmadan önce son bir kez karanlıkta hareketsiz durdum. Sokakta yürürken bile bir şey olmasını bekliyormuşçasına sürekli ardıma baktım, ama pencerelerle kapılar eskisi gibi sımsıkı kapalıydı.

Hiç böyle bir acı yaşamamıştım, hiç bundan derin bir acı duymamıştım. Bedenimi erkeklere satmanın acısı çok daha azdı. O acı gerçek değil, düşseldi. Bir fahişe olarak kendim değildim; içimde hiçbir duygu uyanmıyordu. Duygularım gerçekten içten değildi. O zamanlar hiçbir şey beni incitemez, şimdi çektiğim acıyı yaşatamazdı bana. Kendimi asla şimdi hissettiğim gibi alçalmış hissetmemiştim. Belki de bir fahişe olarak o kadar aşağılanmıştım ki, hiçbir şeyin önemi kalmamıştı. İnsan sokağa düştüğü zaman hiçbir beklentisi kalmaz, hiçbir şey umut etmez. Oysa ben aşktan bir şeyler beklemiştim. Aşkı tanıyınca insan olduğumu hissetmeye başlamıştım. Fahişeyken karşılıksız hiçbir şey vermez, hep alırdım. Ama âşık olunca bedenimi, ruhumu, aklımı ve tüm çabamı düşünmeden verdim. Asla bir şey beklemedim, sahip olduğum her şeyi verdim, kendimi tümüyle bırakıp bütün silahlarımdan, tüm savunmalarımdan arınarak çırılçıplak kaldım. Oysa fahişeyken kendimi korur, her an savaşırdım; hiç korunmasız kalmazdım. Gerçek benliğimi korumak için erkeklere dış kabuğumu sunardım. Yüreğimle ruhumu korur; bedenimi edilgen, hareketsiz, hissiz rolünü oynamaya bırakırdım. Edilgen olarak direnmeyi, hiçbir şey vermeksizin kendimi tümüyle korumayı, kendi dünyama çekilerek yaşamayı öğrenmiştim. Diğer bir deyişle, erkeklere bedenime sahip olabileceklerini, ölü bir bedene sahip olabileceklerini, ama tepki göstermemi, heyecanlanmamı, haz ya da acı duymamı beklememelerini söylerdim. Hiçbir çaba, hiçbir enerji harcamaz, sevgi gösterisinde bulunmaz, düşünmezdim. Dolayısıyla hiç yorulmaz, tükenmezdim. Ama aşkta her şeyimi vermiştim; yeteneklerimi, çabamı, duygularımı, en derin duygularımı... Bir azize gibi, bedelini hiç hesaplamadan, elimde avucumda ne varsa hepsini vermiştim. Tek bir şey dışında hiçbir şey istememiştim, hiçbir şey: aşkın korumasına sığınmak. Kendimi yeniden bulmak, yitirdiğim benliğimi yeniden kazanmak. Küçük görülmeyen, aşağılanmayan, tersine saygın ve üstün tutulan, duyarak yaşayan bir insan olmak.

Umduğum şeye ulaşmaya çalışmıyordum. Çünkü ne kadar uğraşırsam uğraşayım, bir yola baş koymuş hayalperest gibi ne kadar özveride bulunursam bulunayım, zavallı önemsiz bir memur olarak kalacaktım. Bütün zavallıların erdemi gibi, benim de erdemim iyi bir nitelik ya da değer olarak görülmeyecek, bir tür aptallık ya da basitlik sanılarak aşağılanacak, yoksulluktan da fazla hor görülecekti. Son erdem kırıntısını da, kanımdaki son kutsallık damlasını da atma zamanı gelmişti. Artık gerçeğin farkındaydım. Ne istediğimi biliyordum. Yanılsamalara yer yoktu artık. Başarılı bir fahişe, zavallı bir azizeden daha iyiydi. Bütün kadınlar yalanların, dolanların kurbanıydı. Erkekler kadınları aldatır, aldandıkları için de onları cezalandırır; aşağılar, bu kadar düştükleri için cezalandırır; evlenmeye zorlar, sonra da ömür boyu hizmetçiliğe, küfürlere ya da dayağa mahkûm ederlerdi.

En az aldatılan kadının fahişe olduğunu kavramıştım artık. Evliliğin kadınların en zalim şekilde acı çekmesine dayalı bir sistem olduğunu anlamıştım.

Geceyarısı olmuştu ve sokaklar sakindi. Nil Nehri'nden hafif bir esinti geliyordu. Gecenin verdiği huzurdan hoşlanarak nehir boyunca yürüdüm. Artık acı hissetmiyordum. Çevremdeki her şey bana huzur veriyor gibiydi: yüzümü okşayan hafif esinti; boş sokaklarla, kapalı kapılar ve pencereler, insanlar tarafından dışlanma, aynı zamanda onları dışlayabilme duygusu; her şeye, yeryüzüne, gökyüzüne hatta ağaçlara bile yabancılaşma. Ait olmadığı büyülü bir dünyada yürüyen bir kadın gibiydim. Bu kadının canının istediğini yapma, istemediğini yapmama özgürlüğü vardı. Ender rastlanan o kimseye bağlı olmama, her şeyden vazgeçme, çevredeki dünyayla bütün ilişkilerini kesme, tamamen bağımsız olma ve bağımsızlığının hakkını vererek yaşama; bir erkeğe, evliliğe, ya da aşka bağlanmadan özgür olma; tüm kural ve yasaların sınırlandırmasından kopma hazzını yaşıyordu bu kadın. Önüne ilk çıkan erkek onu istemezse, ikincisi, üçüncüsü gelecektir. Tek bir adamı bekleme gereksinimi duymayacaktır. O dönmediği zaman üzülmeyecek, bir şey beklemeyecek, umutları suya düştüğünde acı çekmeyecektir. Hiçbir şey umut etmeyecektir artık, hiçbir şey arzulamayacaktır. Hiçbir şeyden korkmayacaktır, çünkü onu incitebilecek her şeyi zaten yaşamıştır.

Kollarım geceyi kucaklamak üzere açıldı; belli belirsiz anımsadığım bir şarkıyı mırıldanmaya başladım:

Hiçbir şey beklemiyorum
Hiçbir şey istemiyorum
Hiçbir şeyden korkmuyorum
Özgürüm ben.

Önümde uzun kuyruklu nefis bir araba durdu. Adam pencereden dışarı başını uzatınca gülümsedim. Yumuşak, gösterişli yatağa girince bir o yana bir bu yana dönüp durdum, ama hiç çaba sarf etmeden, acı ya da haz duymadan. Yatakta dönüp dururken aklıma bir düşünce geldi. İlkeleri olan devrimciler de aslında diğer insanlardan farklı değildi. İlkelerini satarak, başka erkeklerin parayla satın aldıklarını onlar kurnazlıkla elde ediyorlardı. Bizim için cinsellik neyse, onlar için de devrim oydu. Kullanılacak bir şeydi. Satılacak bir şeydi.

İbrahim'i evlenmesinden dört yıl sonra bir rastlantı sonucu gördüm. Beni alıp evine götürmek istedi. Ona olan aşkım henüz bitmemişti, reddettim. Ona fahişelik yapamazdım. Ama birkaç yıl sonra, ısrarlarına dayanamayıp evime gelmesine izin verdim. İşi bittikten sonra, para vermeye niyetli olduğuna ilişkin tek bir hareket yapmadan gitmeye davrandı.

"Para vermeyi unuttun," dedim.

Cüzdanından titrek parmaklarla on lira çıkarıp verdi.

"Fiyatım en az yirmi liradır," dedim, "bazen daha da fazla olur."

Cüzdanından on lira daha çıkarırken elleri gene titremeye başladı. Aslında bana âşık olmadığını, her gece sırf para ödememek için bana geldiğini anladım.

Erkeklerden nefret ettiğimin farkındaydım; fakat bu sırrı uzun yıllar başarıyla sakladım. En çok nefret ettiğim erkekler bana öğüt vermeye kalkışanlar ya da beni yaşadığım hayattan kurtarmak istediğini söyleyenlerdi. Onlardan daha çok nefret etmem, benden daha iyi olduklarını ve yaşamımı değiştirmek için bana yardımcı olabileceklerini sanmalarındandı. Şövalye gibi görürlerdi kendilerini; başka koşullarda oynayamadıkları bir roldü bu. Benim düşük bir insan olduğumu anımsatarak, kendilerini soylu ve üstün hissetmek isterlerdi. Kendi kendilerine,

"Ne harika bir insanım ben. Şu sürtüğü çok geç olmadan bataktan çıkarmaya çalışıyorum," derlerdi.

Onlara bu rolü oynama fırsatını vermezdim. Her allahın günü beni döven bir adamla evliyken hiçbiri beni kurtarmaya yanaşmamıştı. Âşık olma aptallığım yüzünden kalbim kırıldığında da hiçbiri yardımıma koşmamıştı. Bir kadının hayatı, gerçekten acınacak bir hayattır. Oysa bir fahişe, biraz daha iyi durumdadır. Bu yaşamı, istediğim için seçtiğime kendimi inandırabilmiştim. Beni fahişelikten kurtarmak isteyenleri reddedebilmem, fahişelikte ısrar etmem, bunun benim seçimim olduğunu ve birazcık özgürlüğüm, en azından birçok başka kadından daha iyi bir durumda yaşama özgürlüğüm olduğunu kanıtladı bana.

Bir fahişe hep evet der, sonra fiyatını söyler. Hayır derse fahişelik hayatı sona erer. Ben kelimenin tam anlamıyla fahişe değildim, ara sıra hayır derdim. Bunun sonucunda fiyatım hep arttı. Bir erkek, kadınlar tarafından reddedilmeye katlanamaz; çünkü kendi içinde de kendini reddedilmiş hisseder. Bu çifte reddedilmeyi kimse hazmedemez. Bu yüzden ben ne zaman hayır desem, onlar daha çok ısrar ederdi. Fiyatımı ne kadar yükseltirsem yükselteyim, bir kadın tarafından reddedilmeye katlanamazlardı.

Çok başarılı bir fahişe olmuştum. En yüksek fiyatı alıyordum; çok önemli insanlar bile benim için yarışıyordu. Bir gün yabancı bir ülkenin çok önemli bir şahsiyeti adımı duymuş. Her şeyi öyle ayarlamış ki, ben hiç farkında olmadan beni görmüş. Hemen ardından yanına çağırttı, ama gitmeyi reddettim. Başarılı politikacıların kendi içlerinde hep yenilmelerinden ötürü, başkalarının önünde yenilmeye dayanamayacaklarını biliyordum. Bir insan çifte yenilgiye katlanamaz. Onların yükselmek için sürekli uğraşmalarının gizi budur. Başkaları üzerinde kurdukları iktidar onlara bir üstünlük duygusu verir. Yenilgiye uğradıklarını unutup, zafer kazanmış sayarlar kendilerini. Önem verdikleri tek şey olan büyüklük görünümünü yaymaya çalışırken, içten içe ne kadar boş olduklarını gizler bu zafer.

Reddetmem onun arzusunu daha da kamçılamıştı. Her gün bir polis yolluyor, polis her gün başka bir yaklaşım sergiliyordu. Ama ben hep reddettim. Bir keresinde para teklif etti. Başka birinde beni hapse atmakla tehdit etti. Üçüncüsündeyse bir devlet başkanını reddetmemin büyük bir adama hakaret sayılacağını, iki ülke arasındaki ilişkilerde gerginlik yaratacağını açıkladı. Ülkemi gerçekten seviyorsam, yurtseversem, hemen ona gitmem gerektiğini söyledi. Polise yurtseverlik hakkında hiçbir şey bilmediğimi, ülkemin bana hiçbir şey vermemekle kalmayıp, onurumla gururum dahil her şeyimi aldığını söyledim. Söylediklerimin polisin ahlaki gururunu derinden sarstığını şaşırarak fark ettim. Bir insan nasıl yurtsever olmazdı? Polisin savunduğu şeyin rezilliğine, içine düştüğü açmaza, çifte ahlaki yargılarına kahkahalarla gülmek geldi içimden. Sıradan bir pezevengin yapacağı gibi bir fahişeyi alıp bu önemli şahsın yatağına götürmek istiyor, gene de yurtseverlikten ve ahlaki değerlerden gururlu bir edayla söz edebiliyordu. Ancak adamın yalnızca emirlere uyduğunu, ona verilen emri kutsal bir ulusal görev katına yükselttiğini anladım. Beni hapse atmakla önemli bir adamın yatağına götürmek arasında fark yoktu. Her ikisinde de polis kutsal bir görevi yerine getirmiş olacaktı. Ulusal görev söz konusu olduğunda bir fahişe bile en yüksek onurla ödüllendirilebilir, insan öldürmek bir kahramanlık edimi olurdu.

Öyle bir adama gitmeyi reddettim. Bedenim yalnızca bana aitti; ülkemizin topraklarıysa rahatça at koşturacakları bir yer! Bir defasında böyle önemli adamlardan birini reddettiğim için beni hapse attılar. Büyük paralar ödeyerek çok pahalı bir avukat tuttum kendime. Kısa süre sonra serbest bırakıldım. Mahkeme benim saygın bir kadın olduğuma karar vermişti. Artık onuru korumak için büyük paraların gerektiğini, ama büyük paraların onuru yitirmeden kazanılamayacağını öğrenmiştim. Dönenip duran bu cehennemi kısırdöngü, beni de kendisiyle birlikte sürüklüyordu.

Gene de bir kadın olarak sahip olduğum tutarlılık ve onurdan bir an bile kuşku duymadım. Mesleğimin erkekler tarafından icat edildiğini, yeryüzündeki ve gökyüzündeki her iki dünyayı da erkeklerin ellerinde tuttuklarını biliyordum. Erkeklerin, kadınları bedenlerini satmaya zorladıklarını, en az para ödenen bedenin de eşlerinin bedeni olduğunu biliyordum. Bütün kadınlar, öyle ya da böyle, fahişeydiler. Ben akıllı olduğumdan, köle eş olmak yerine özgür bir fahişe olmayı yeğlemiştim. Bedenimi verdiğimde en yüksek fiyatı istiyordum. Elbiselerimi yıkamak ve ayakkabılarımı temizlemek için bir sürü hizmetçi tutabilir, onurumu koruması için, ne kadar pahalıya patlarsa patlasın bir avukat bulabilir, kürtaj için doktora avuç dolusu para dökebilir, resmimi basması ve hakkımda yazı yazması için gazeteci satın alabilirdim. Herkesin bir fiyatı vardır ve her mesleğe bir ücret ödenir. Meslek ne kadar saygınsa, ücreti de o kadar yüksek olur; toplumsal katman yükseldikçe bir insanın fiyatı da yükselir. Bir gün gazeteler bir derneğe bağışta bulunurken resmimi basıp, benden sorumluluk sahibi bir yurttaş olarak bahsettiler. Bundan böyle ne zaman onura ya da üne gerek duysam, bankadan para çekmem yeterli oluyordu.

Ancak para kokusu almada erkek burnunun üstüne yoktur. Bir gün bir adam çıkageldi, kendisiyle evlenmemi istedi. Reddettim. Kocamın tekmesinin izi hâlâ tazeydi. Ardından aşk arayan biri geldi, ama onu da reddettim. Eski aşk acısının izleri hâlâ içimde yaşıyordu.

Erkeklerden kurtulabildiğimi sanıyordum, ama bu kez gelen adam çok iyi bilinen bir mesleği sürdürüyordu. Pezevenkti. Onu da parayla satın alabileceğimi sandım. Ama o tek bir kez para almaktansa, kazancımı paylaşmakta ısrar etti.

"Her fahişenin onu diğer pezevenklerden ve polisten koruyacak bir pezevengi vardır. İşte benim yapacağım da bu," dedi.

"Ben kendimi koruyabilirim," dedim.

"Yeryüzünde kendini koruyabilecek tek bir kadın yoktur."

"Senin korumanı istemiyorum."

"Korumasız yapamazsın, yoksa kocalarla pezevenklere iş kalmaz."

"Tehditlerin bana vız gelir."

"Seni tehdit etmiyorum, yalnızca öğüt veriyorum."

"Ya öğüdünü tutmazsam?"

"O zaman tehdit etmek zorunda kalırım."

"Neyle tehdit edecekin beni?"

"Kendime göre yöntemlerim var. Her mesleğin bir adabı vardır."

Polise başvurdum, ama onlardan elde ettiğim tek şey adamın benden daha iyi ilişkileri olduğunu öğrenmek oldu. Sonra yasal yollara başvurdum. Yasaların benim gibi kadınları cezalandırdıklarını, ama erkeklerin yaptıklarına gözlerini kapadıklarını öğrendim.

Adı Marzuk olan bu adam, bu pezevenk, ben kendimi korumak için yollar ararken, gülerek beni izliyordu. Bir gün beni evime giderken görüp takip etti. Kapıyı yüzüne kapatmaya çalıştım, ama bıçak çekip beni tehdit ederek içeri girdi.

"Benden ne istiyorsun?" diye sordum.

"Seni diğer erkeklerden korumak istiyorum."

"Ama senin dışında kimse beni tehdit etmiyor ki!"

"Ben olmasam başkası olurdu. Ortalık pezevenk kaynıyor. Seninle evlenmemi istersen, hazırım."

"Benimle evlenmene gerek olduğunu sanmıyorum. Kazandığımı almak yetecek sana. Hiç değilse bedenim bana ait kalsın."

Başarılı bir işadamı havasıyla devam etti:

"Ben bir işadamıyım. Sermayem kadın bedeni; aşkla işi birbirine karıştırmam."

"Sen aşkı bilir misin?"

"Aşkı bilmeyen var mı? Sen hiç âşık olmadın mı?"

"Oldum."

"Ya şimdi?"

"Bitti, geriye hiçbir şey kalmadı. Ya sen?"

"Benimki daha bitmedi."

"Zavallı. Çok mutsuz olmalısın."

"Etkisinden kurtulmaya çalıştım, ama yapamadım."

"Kadın mı, erkek mi? Pezevenkler genellikle erkekleri yeğler de."

"Hayır, kadın."

"Onunla mı yaşıyorsun?"

"Her şeyimi ona veriyorum. Paramı, aklımı, bedenimi, benliğimi, enerjimi. Her şeyimi veriyorum, ama gene de bunların ona yetmediğini, onun başkasına âşık olduğunu seziyorum."

"Zavallı."

"Aşk söz konusu olduğunda, herkes aynıdır."

Gözlerimin içine bakıp, "Bir yanılsama içindesin. Gözlerinde aşkın, bir zamanlar parıldayan ruhunu nasıl öldürdüğünü görebiliyorum," dedi.

"Aşk gözleri ışıldatır, parlaklığını öldürmez."

"Zavallı. Aşkın ne demek olduğunu hiç öğrenmemişsin. Ben sana öğreteceğim."

Beni kendine çekmeye çalıştı; ama onu itip,

"Aşkla işi birbirine karıştırma," dedim.

"Bunun aşk olduğunu kim söylüyor ki? Yalnızca işin bir parçası!"

"Olmaz."

"Benim sözlüğümde 'olmaz' sözcüğü yazmaz."

Bana sarıldı. Göğsüme çöken o bildik ağırlığı gene hissettim; ama bedenim edilgin, cansız bir şey gibi, teslim olmayı, yenilgiyi reddederek, geri çekildi. Edilginliği bir direniş biçimiydi; tuhaf bir biçimde ne acı, ne haz hissetme, başımda ya da bedenimde tek bir kıl oynamasına izin vermeme yeteneğiydi.

Böylece kazandığım her şeye ortak olmaya başladı; aslında benimkinden daha büyük bir paya konuyordu. Ama bana yaklaşmaya çalıştıkça onu iter,

"Olmaz. Sakın böyle bir şeye kalkışma," derdim.

Sonra beni dövmeye başladı. Her seferinde de, "Olmaz sözcüğü benim sözlüğümde yazmaz," dediğini işitirdim.

Onun birçok fahişeyi elinde tutan tehlikeli bir pezevenk olduğunu öğrendim. Her yerde, her meslekten, onlar için cömertçe para harcadığı arkadaşları vardı. Fahişelerden biri hamile kalıp da kürtaj gerektiği zaman başvurduğu bir doktoru, onu saldırılardan korumak için poliste bir adamı, adliyede de yasal bilgisini ve mevkiini, onu içine düştüğü zor durumlardan kurtarmak için kullanan, hapse atılan bir fahişeyi uzun süre para kazanmaktan alıkonmasın diye serbest bıraktıran bir adamı vardı.

Eskiden olduğumu sandığım kadar özgür olmadığımı fark ettim. Farklı mesleklerden sayısız erkeğe, benim sırtımdan keselerini doldurma imkânı sağlayacak kadar, gece gündüz durmadan çalışan bir beden makinesiydim. Dişimle, tırnağımla kazanıp aldığım evimin sahibi bile ben değildim. Bir gün kendime,

"Bu böyle süremez," dedim.

Küçük çantama belgelerimi koyup gitmeye davrandım, ama birdenbire o ortaya çıkıp önüme dikildi.

"Nereye gidiyorsun?" diye sordu.

"İş arayacağım. Elimde ortaokul diplomam var."

"Çalışıyorsun ya işte!"

"Yapacağım işi kendim seçmek istiyorum."

"Bu dünyada yapacağı işi seçebilen mi varmış!"

"Kimsenin kölesi olmak istemiyorum."

"Birinin kölesi olmayan kimseyi gördün mü? İnsanlar iki çeşittir Firdevs, köleler ve efendiler."

"O halde ben köle değil, efendilerden biri olmak istiyorum."

"Sen nasıl efendi olabilirsin? Olmayacak şeyi istediğini görmüyor musun?"

" 'Olmaz' sözcüğü benim sözlüğümde yer almaz," dedim.

Kapıya doğru yöneldim, ama beni geri çekip kapıyı kapattı. Gözlerine bakıp,

"Gitmeye kararlıyım," dedim.

Bana bakakaldı. "Gitmeyeceksin," diye mırıldandığını duydum.

Gözlerimi hiç kırpmadan ona dimdik bakmaya devam ettim. Ona karşı ancak bir kadının bir erkeğe, bir kölenin efendisine duyabileceği kadar büyük bir nefret duyuyordum. Gözlerinde onun da benden ancak bir efendinin kölesinden, bir erkeğin bir kadından korkacağı kadar çok korktuğuna ilişkin bir ifade yakaladım. Ancak bu yalnızca birkaç saniye sürdü. Sonra efendinin öfkeli ifadesi, kimseden korkusu olmayan bir erkeğin kızgın görünüşü yerleşti yüzüne. Kapının kulpuna uzandım; kolunu kaldırıp bana şiddetle vurdu. Kolumu ondan daha yükseğe kaldırıp tokatını şiddetle iade ettim. Gözlerinin akı kızardı. Cebinde taşıdığı bıçağı aramaya başladı; ama ben ondan daha hızlıydım. Bıçağı kapıp boynuna derinlemesine sapladım; boynundan çıkarıp göğsüne, göğsünden çıkarıp karnına sapladım. Bıçağı bedeninin hemen her yerine sapladım. Bıçağı zahmetsizce etine saplayıp çıkarırken ellerimin ne kadar kolay hareket ettiklerini görerek şaşırmıştım. Daha önce bunu hiç yapmamış olmam şaşkınlığımı daha da artırıyordu. Beynimde bir şimşek çaktı. Neden daha önce bir adama vurmamıştım? Korktuğumu ve bu korkuyu, onların gözlerinde bir an beliren korkuyu görünceye kadar hiç içimden atamadığımı anladım.

Kapıyı açıp merdivenlerden inerek sokağa çıktım. Ağırlığımı, yılların korku birikimiyle birlikte üstümden atmışım gibi, tüy kadar hafiflemiştim. Gece sessizdi, karanlık beni şaşırttı; ışık, gözlerimin önüne düşen örtüler gibi bir yanılsamaydı sanki. Nil, geceye büyülü bir hava katıyordu. Hava, temiz ve dirilticiydi. Sokakta yürüdüm; bütün maskeleri yırtıp altlarındakini ortaya çıkarmış olmanın gururuyla başım dimdikti. Ayaklarımın ritmik vuruşları sessizliği bozuyordu. Ne birinden kaçar gibi, ne de yavaştı. Kendine güvenen, nereye gittiğini bilen ve hedefini görebilen bir kadının adımlarıydı. Dişi ayak bilekleri, düzgün, gergin ve kılsız bacakları olan, ayaklarına yüksek topuklu pahalı deri ayakkabılar giyen bir kadının adımlarıydı.

Beni kimse kolay kolay tanıyamazdı. Saygın sosyete kadınlarından farkım yoktu. Saçım yalnız zenginlere çalışan bir berbere yaptırılmıştı. Dudaklarım saygın kadınların yeğlediği, çekiciliklerini ne gizleyen ne de tam ortaya koyan doğal bir tonda boyanmıştı. Göz kalemim baştan çıkarıcı bir görünüm ya da kışkırtıcı bir naz edası verecek şekilde çekilmişti. Yüksek mevkilerde bir hükümet görevlisinin karısından farkım yoktu. Ama kaldırımda yankılanan güvenli, sakin adımlarım kimsenin karısı olmadığımı kanıtlıyordu.

Bir sürü polisin önünden geçtim, ama hiçbiri kim olduğumu fark etmedi. Belki de bir prenses, kraliçe ya da tanrıça olduğumu sandılar. Başka kim yürürken başını böyle dimdik tutardı? Kimin adımları sokakta böyle yankılanırdı? Gerçekten bana bakıyorlardı, bense onların şehvetli gözlerine karşı bir tehdit gibi başımı dimdik tutuyordum. Buz gibi, sessizce ilerledim; adımlarım düzenli seslerle yere vuruyordu. Çünkü benim gibi bir kadının tökezlemesini beklediklerini biliyordum; o zaman alıcı kuş gibi üstüme çullanacaklardı.

Sokağın köşesinde lüks bir araba gözüme ilişti; camından dışarı bir adam sarkmıştı, dili neredeyse dışarıdaydı. Kapıyı açıp,

"Benimle gel," dedi.

Geri çekilip, "Hayır," dedim.

"Ne kadar istersen veririm."

Gene, "Hayır," dedim.

"Bana inan, istediğin parayı veririm."

"Benim fiyatımı karşılayamazsınız, çok yüksek."

"Her fiyatı öderim. Bir Arap prensiyim ben."

"Ben de prensesim."

"Bin lira veririm."

"Hayır."

"O halde iki bin lira."

Gözlerinin içine baktım. Prens ya da kral ailesinden biri olduğu anlaşılıyordu, çünkü gözlerinde gizli bir korku vardı.

"Üç bin lira," dedim.

"Kabul."

Yumuşak lüks yatakta geri çekilip bedenimi benden uzaklaşmaya bıraktım. Hâlâ genç ve erdemliydi; geri çekilecek kadar güçlü, karşı koyabilecek kadar iradeliydi. Adamın yaşamının nice yılıyla ağırlaşmış terden sırılsıklam bedeninin göğsüme abandığını hissettim. Yıllar boyu gereksinmelerinin ötesinde, açgözlülüğünü doyurmak için yemekten şişmanlamıştı. Her hareketinde aynı aptal soruyu yineliyordu:

"Zevk alıyor musun?"

Gözlerimi kapayıp, "Evet," diyordum.

Her seferinde mutlu olup aptal gibi seviniyor, kısık sesle aynı soruyu yöneliyordu; ben de her seferinde aynı yanıtı veriyordum: "Evet."

Giderek aptallığı, buna bağlı olarak da zevk aldığıma olan

inancı arttı. Ne zaman evet desem aptal gibi seviniyordu; bir an sonra bedenini eskisinden daha büyük bir ağırlıkla üstümde hissediyordum. Artık dayanamadım, tam sorusunu yinelemek üzereyken öfkeyle bağırdım:

"Hayır!"

Parayı uzattığında hâlâ müthiş kızgındım. Paraları kaptığım gibi görülmemiş bir öfkeyle paramparça ettim.

Parmaklarımın arasındaki paraların teması, elime ilk geçen kuruşun yarattığı duygu gibiydi. Paraları parçalarken gözlerimdeki örtüyü de, en son kalan örtüyü de parçalıyordum. Bütün hayatım boyunca çözemediğim tüm giz, hayatımın gizi açığa çıktı. Yıllar önce babam, elime ilk ve son defa bir kuruş sıkıştırdığında keşfettiğim gerçeği yeniden keşfettim. Elimdeki paralara bakıp, daha da artan bir çılgınlıkla geriye kalan paraları da parçaladım. Sahip olduğum bütün paraları, babamın kuruşunu, amcamın kuruşunu, bildiğim bütün kuruşları parçalıyor, aynı zamanda tanıdığım bütün erkekleri de sırayla yok ediyor gibiydim: amcamı, kocamı, babamı, Marzuk'u, Beyumi'yi, Daye'yi, İbrahim'i. Hepsini parçalara ayırıyor, avcumda kalan son kuruşlarının izlerini yok ediyor, parmaklarımın kemiklerini sıyırırcasına etimi parçalıyor, bu erkeklerden tek iz kalmamasına çalışıyordum. Prens, bütün paraları parçaladığımı görünce, gözleri fal taşı gibi açıldı.

"Sen cidden bir prensesmişsin. Nasıl oldu da baştan inanmadım?" dediğini işittim.

Öfkeyle, "Ben prenses değilim," dedim.

"Başta fahişe olduğunu sanmıştım."

"Ben fahişe değilim. Ama çocukluğumdan beri babam, amcam, kocam, hepsi bana bir fahişe olarak büyümeyi öğrettiler."

Prens bana yeniden bakarak güldü ve "Gerçeği söylemiyorsun. Yüzünden bir kralın kızı olduğunu okuyabiliyorum," dedi.

"Babamın bir şey dışında kraldan farkı yoktur."

"Nedir o?"

"Bana öldürmeyi öğretmedi. Her şeyi yaşarken öğrenmeye bıraktı beni."

"Yaşam sana öldürmeyi öğretti mi?"
"Elbette."
"Şimdiye kadar kimseyi öldürdün mü?"
"Evet."
Bir an yüzüme bakıp güldü: "Senin gibi birinin adam öldürebileceğine inanamam," dedi.
"Neden?"
"Çünkü çok yumuşaksın."
"Kim demiş yumuşak insanlar adam öldüremez diye?"
Yeniden gözlerime bakıp güldü ve, "Senin bir sineği bile öldürebileceğine inanmam," dedi.
"Sinek değil ama, adam öldürebilirim."
Bana bir kez daha, bu sefer kaçamak bir bakışla baktı ve, "Buna inanamam," dedi.
"Doğruyu söylediğime seni nasıl inandırabilirim?"
"Bunu nasıl yapabileceğini gerçekten anlamıyorum."
Elimi kaldırıp yüzüne okkalı bir tokat attım.
"Şimdi sana vurduğuma inanabilirsin. Boynuna bıçak saplamak da bu kadar kolay işte, aynı hareketi yinelemek yeterli."
Bu kez bana baktığında gözleri korku doluydu.
"Belki şimdi seni pekâlâ da öldürebileceğime inanmışsındır, çünkü bir böcekten farkın yok; bütün yaptığın açlıktan ölen insanlardan aldığın paraları fahişelere yedirmek," dedim.
Ben, elimi bir kez daha kaldıramadan, başı dertte bir kadın gibi panik içinde haykırmaya başladı. Polis yetişene kadar da haykırmayı sürdürdü.
Polise, "Tutun, bırakmayın. Suçlu o, bir katil," dedi.
"Doğru mu söylüyor?" diye sordular.
"Evet, katilim ama, suç işlemedim. Sizin gibi ben de yalnızca suçluları öldürürüm," dedim.
"Ama o bir prens, bir kahraman. Suçlu değil ki!"
"Benim gözümde krallarla prenslerin başarıları, suçtan başka bir şey değildir. Çünkü yaptıklarını onaylamıyorum."
"Sen bir suçlusun," dediler. "Annen de suçluydu."

"Annem suçlu değildi. Hiçbir kadın suçlu olamaz. Suçlu olmak için erkek olmak gerekir."

"Hele bak, neler söylüyorsun sen?"

"Topunuzun birden suçlu olduğunu söylüyorum: babalar, amcalar, kocalar, pezevenkler, avukatlar, doktorlar, gazeteciler, her meslekten bütün erkekler."

"Vahşi ve tehlikeli bir kadınsın sen."

"Ben gerçeği söylüyorum. Gerçek vahşi ve tehlikelidir."

Bileklerime kelepçe takıp hapse tıktılar. Cezaevinde, pencereleriyle kapısı hep kapalı duran bir odaya koydular beni. Benden neden bu kadar korktuklarını biliyordum. Çirkin gerçekliklerinin maskesini çekip almış, onların gerçek yüzünü ortaya koymuş tek kadındım. İnsan öldürdüğüm için değil –her gün binlerce insan öldürülüyordu– varlığım onları korkuttuğu için beni ölüme mahkûm etmişlerdi. Yaşadığım sürece güvenlikte olmayacaklarını, onları öldüreceğimi biliyorlardı. Benim yaşamam onların ölmesi, ölümüm onların yaşaması demekti. Onlar yaşamak istiyorlardı. Yaşamak daha çok suç, daha çok yağma, sınırsız çapulculuk demekti onlar için. Yaşamı da, ölümü de aşmıştım; çünkü artık ne yaşama arzusu duyuyor, ne de ölümden korkuyordum. Hiçbir şey istemiyor, hiçbir şey ummuyordum. Hiçbir şeyden korkmuyordum. Bu yüzden özgürdüm. Çünkü yaşamımız boyunca bizi köleleştiren isteklerimiz, umutlarımız, korkularımızdır. Özgürlüğüm onları öfkelendiriyordu. Hâlâ istediğim, hâlâ korktuğum ya da hâlâ özlediğim bir şey kalmış olması hoşlarına giderdi. O zaman beni bir kez daha köleleştirebilirlerdi.

Bir süre önce onlardan biri gelip, "Devlet Başkanı'na suçunu affetmesi için dilekçe yazarsan kurtulma şansın olabilir," dedi.

"Ama ben kurtulmak istemiyorum," dedim, "affedilmek de istemiyorum. Çünkü senin suç dediğin şey bence suç değildir."

"Adam öldürdün."

"Bir daha dünyaya gelecek olsam yine öldürürdüm. Devlet Başkanı'na af dilekçesi yazmanın ne yararı var?"

"Sen suçlusun. Asılmayı hak ediyorsun."

"Herkes bir gün ölecek. Senin işlediğin suçlardan biri için asılmaktansa, kendi işlediğim suç uğruna ölmeyi tercih ederim."

Şimdi onları bekliyorum. Kısa bir süre sonra beni almaya gelecekler. Yarın sabah artık burada olmayacağım. Kimsenin bilmediği bir yerde olacağım. İster kral olsun, ister prens, isterse hükümdar olsun dünyada kimsenin bilmediği o yere, o bilinmeyen hedefe yapacağım yolculuk bana gurur veriyor. Bütün yaşamım boyunca bana gurur verecek, beni krallardan, prenslerden, hükümdarlardan bile üstün kılacak bir şey aradım. Ne zaman elime bir gazete alıp onlardan birinin resmine rastlasam, yüzlerine tükürüyordum. Mutfak raflarını kaplamak için gereksindiğim bir gazete kâğıdına tükürdüğümün farkındaydım. Gene de tükürüyor, tükürüğü öylece kurumaya bırakıyordum. Bir resme tükürdüğümü gören olsa, onu şahsen tanıdığımı sanardı. Hayır, tanımıyordum. Çünkü ben yalnızca kadının biriyim. Hiçbir kadın yoktur ki gazetede resmi basılan her erkeği tanısın. Evet, kim olursa olsun. Ayrıca ben yalnızca başarılı bir fahişeydim. Bir fahişe ne kadar başarılı olursa olsun, tüm erkekleri tanıyamaz. Ama tanıdığım bütün erkekler bende tek bir istek uyandırdı: elimi kaldırıp yüzlerine okkalı bir şamar indirmek. Ama korktuğum için elimi hiç kaldırmadım. Korkum bana bu hareketin çok zor olduğunu düşündürüyordu. İlk kez elimi kaldırdığım ana kadar bu korkudan nasıl kurtulacağımı bilmiyordum. Elimin bir kez aşağı yukarı hareket etmesi bu korkuyu yok etti. Bunun çok kolay, sandığımdan daha kolay bir hareket olduğunu kavradım. Artık ellerim, onların yüzüne şiddetli bir tokat indirmek için havaya kalkabiliyordu. Elimin hareketi çok kolaylaştı, elimdeki her şey, göğse saplayıp çıkardığım bıçak bile olsa bu, doğal bir rahatlıkla hareket edebiliyordu. Ciğerlere dolup hissedilmeden boşalan havanın doğal rahatlığıyla saplayıp çıkarabiliyordum onu. Şimdi de gerçeği hiç zorluk çekmeden anlatıyorum. Çünkü gerçek kolay ve yalındır. Bu yalınlığın içinde de vahşi bir güç yatar. Yaşamın vahşi, ilkel gerçeklerine ancak yıllar süren bir savaşımın sonunda varabildim. Çünkü insanlar yaşamın yalın ama çirkin ve güçlü olan gerçeklerine birkaç yıl içinde varamazlar pek. Gerçeğe ulaşmak, artık ölümden korkmamak demektir. Her ikisiyle de yüz yüze gelmek büyük bir cesaret gerektirdiğinden, ölümle gerçek birbirlerine benzer. Gerçekler de insanı öldürdüğü için, ölüm gibidir. Ben bir insanı öldürdüğüm zaman, onu bıçakla değil, gerçekle öldürdüm. Bu yüzden korkuyorlar; beni yok etmek için bu yüzden acele ediyorlar. Bıçaktan korkmazlar. Onları korkutan gerçeğimdir. Bu korkutucu gerçek bana büyük bir güç veriyor. Beni ölümden, yaşamdan, açlıktan, çıplaklıktan ya da yılgınlıktan koruyor. Beni hükümdarlarla polisin zalimliğinden koruyan da bu korkutucu gerçektir.

Yalan sözlerine, yalancı yüzlerine, yalancı gazetelerine rahatlıkla tükürebiliyorum.

3

FİRDEVS'İN SESİ düşteki bir sesin kesilivermesi gibi ansızın kesildi. Uykuda hareket edercesine yerimde kıpırdandım. Altımdaki yatak değildi, toprak gibi soğuk, döşeme gibi sağlam bir şeydi sanki; ama bu soğuk bedenime işlemiyordu. Düşte görülen denizin soğuğu gibiydi. Onun sularında yüzüyordum. Çıplaktım ve yüzmeyi bilmiyordum. Fakat ne soğuğu hissediyor, ne de boğuluyordum. Sesi artık kesilmişti, ama yankısı soluk, uzak bir ses gibi kulaklarımda kaldı. Düşte duyulan seslere benziyordu. Ses bana yakındı, yine de uzaktan geliyor gibiydi. Uzaktan konuşuyordu ama yanıbaşımda gibiydi. Böyle seslerin nereden geldiğini bilemeyiz. Belki yukardan, belki aşağıdan. Sağımızdan ya da solumuzdan. Yerin yedi kat altından geldiklerini, tavandan düştüklerini ya da gökyüzünden indiklerini bile sanabiliriz. Boşlukta hareket eden havanın kulaklarımıza çarpması gibi, bütün yönlerden bile akıp gelebilir bu sesler. Ama kulaklarıma çarpan hava değildi. Önümde oturan, gerçek bir kadındı. Kulaklarıma dolan, kapısı penceresi sıkı sıkıya kapatılmış bu hücrede yankılanan ses gerçek bir sesti. Ben de tamamen uyanıktım. Çünkü birden kapı çaldı, içeriye silahlı polisler girdi. Onu kuşattılar, birinin,

"Yürü, gidiyoruz... Zamanın geldi," dediğini işittim.

Onlarla birlikte yürüyüp gidişini seyrettim. Firdevs'i bir daha hiç görmedim. Ama sesi kulaklarımda yankılanmaya, başımda, hücrede, cezaevinde, sokaklarda, bütün dünyada titreşmeye, her şeyi sallamaya, gittiği her yerde korkuyu, öldüren gerçeğin korkusunu, vahşi, basit ve ölüm gibi çirkin, gene de henüz yalan söylemeyi öğrenememiş bir çocuk gibi basit ve yumuşak bir gerçeğin gücünü yaymaya devam etti.

Dünyanın yalan dolu olmasının bedelini, Firdevs canıyla ödemek zorunda kalmıştı.

Gözlerim yere çakılı, küçük arabama bindim. Arabada kendimden, yaşamımdan, yalanlarımdan, korkularımdan utandım. Sokaklar gezinen insanlarla, vitrinlere asılmış gazetelerle, bas bas bağıran manşetlerle doluydu. Nereye gitsem her adımda yalanları görüyor, çevrede gezinen iki yüzlülüğü izliyordum. Dünyayı ezip geçmek, bu yalanları silmek istercesine var gücümle gaza bastım. Ama bir an sonra ayağımı hemen çekip frene asıldım ve arabayı durdurdum.

O anda Firdevs'in benden çok daha cesur olduğunu kavradım.

—